叶圣陶

叶圣陶 著

藕与莼菜

浙江文艺出版社
Zhejiang Literature & Art Publishing House

图书在版编目(CIP)数据

叶圣陶：藕与莼菜 / 叶圣陶著 . —杭州：浙江文艺出版社，2024.5

ISBN 978-7-5339-7560-9

Ⅰ.①叶… Ⅱ.①叶… Ⅲ.①散文集—中国—当代 Ⅳ.①I267

中国国家版本馆CIP数据核字(2024)第060772号

统　筹	王晓乐	封面设计	广　岛
责任编辑	谢园园　许龚燕	封面插画	Stano
责任校对	许红梅	营销编辑	张恩惠
责任印制	吴春娟	数字编辑	姜梦冉　诸婧琦

叶圣陶：藕与莼菜

叶圣陶　著

出版发行　浙江文艺出版社

地　　址　杭州市环城北路177号

邮　　编　310006

电　　话　0571-85176953(总编办)
　　　　　0571-85152727(市场部)

制　　版　杭州天一图文制作有限公司

印　　刷　浙江新华印刷技术有限公司

开　　本　880毫米×1230毫米　1/32

字　　数　135千字

印　　张　7.75

插　　页　2

版　　次　2024年5月第1版

印　　次　2024年5月第1次印刷

书　　号　ISBN 978-7-5339-7560-9

定　　价　39.80元

出版说明

　　自五四新文化运动以来，中国文学面目一新。在中西方文化的碰撞与融合中，小说、诗歌、戏剧等文学形式完成蜕变与新生，而散文以其自由自在的天性，踵事增华，其成果蔚为大观。

　　郁达夫认为，较之古代的"文"，现代中国散文有三点特异之处，即"'个人'的发见""内容范围的扩大""人性，社会性，与大自然的调和"（《中国新文学大系·散文二集·导言》）。散文家们兼收并蓄，将万事万物融于一心，"以我手写我口"，取径不同，或叙事、抒情、议论，或写人、描景、状物；风格各异，或蕴藉、洗练、飞扬，或磅礴、绮丽、缜密。就应用而言，以学识、阅历、心境为核心的小品文，以小见大，言近旨远，张扬个人性情；以观察、讽刺、同情为底色的杂文，见微知著，刚柔相济，召唤战斗精神……种种流派，非止一端。

　　为了给当代读者提供一套选目得当、编校精良的散文选本，我们推出"名家散文"系列，从灿若星辰的中国现代散文家中遴选出一批作者，精选其散文创作中的经典作品，结集成册，以飨读者，或可视作对百年现代中国散文的一次阶段性回顾与总结。我们相信，尽管这些作品产生的背景千差万别，但其呈现的智识与感性、追求与希冀，是跨越时空而能与读者共鸣的。我们也相信，经典之所以为经典，因其经得起时间的汰洗，这里的文章，初读，是迎面撞上万千世界，吉光片羽，亦足珍惜；再读，则是与无数智者的重逢，向内发现自己，向外发现众生。

文学的历史同时也是一部语言文字的历史，而汉语的标准化也随着时间的推移不断地演变、更新。五四白话文运动以来，文学语言流动而多变，呈现出丰富和复杂的样貌。文字、词汇、语法的繁芜丛杂背后，是思想文化的多元与活跃，也是作家不同审美取向和个人风格的展现。因此，我们在编辑过程中尽量尊重文章原刊或初版时的面貌，使读者能够感受到语言的时代特色，比如"的""地""底"共存的现象。同时，考虑到读者尤其是学生的阅读需求，我们按当下的规范做了有限度的修订。

编辑出版工作中难免存在不足之处，热忱欢迎广大读者批评指正。

浙江文艺出版社

目　录

故人旧事

独善兼善

写意
生活

所恋在哪里，
哪里就是我们的故乡了。

荷　花

　　清晨，我到公园去玩，一进门就闻到一阵清香。我赶紧往荷花池边跑去。

　　荷花已经开了不少了。荷叶挨挨挤挤的，像一个个碧绿的大圆盘，白荷花在这些大圆盘之间冒出来。有的才展开两三片花瓣儿。有的花瓣儿全都展开了，露出嫩黄色的小莲蓬。有的还是花骨朵儿，看起来饱胀得马上要破裂似的。

　　这么多的白荷花，一朵有一朵的姿势。看看这一朵，很美；看看那一朵，也很美。如果把眼前的这一池荷花看作一大幅活的画，那画家的本领可真了不起。

　　我忽然觉得自己仿佛就是一朵荷花，穿着雪白的衣裳，站在阳光里。一阵微风吹来，我就翩翩起舞，雪白的衣裳随风飘动。不光是我一朵，一池的荷花都在舞蹈。风过了，我停止舞蹈，静静地站在那儿。蜻蜓飞过来，告诉我清早飞行的快乐。小鱼在脚下游过，告诉我昨夜的好梦……

过了好一会儿，我才记起我不是荷花，我是在看荷花呢。

爬山虎的脚

　　学校操场北边墙上满是爬山虎。我家也有爬山虎，从小院的西墙爬上去，在房顶上占了一大片地方。

　　爬山虎刚长出来的叶子是嫩红的，不几天叶子长大，就变成嫩绿的。爬山虎的嫩叶，不大引人注意，引人注意的是长大了的叶子。那些叶子绿得那么新鲜，看着非常舒服。叶尖一顺儿朝下，在墙上铺得那么均匀，没有重叠起来的，也不留一点儿空隙。一阵风拂过，一墙的叶子就漾起波纹，好看得很。

　　以前，我只知道这种植物叫爬山虎，可不知道它怎么能爬。今年，我注意了，原来爬山虎是有脚的。爬山虎的脚长在茎上。茎上长叶柄的地方，反面伸出枝状的六七根细丝，每根细丝像蜗牛的触角。细丝跟新叶子一样，也是嫩红的。这就是爬山虎的脚。

爬山虎的脚触着墙的时候，六七根细丝的头上就变成小圆片，扒住墙。细丝原先是直的，现在弯曲了，把爬山虎的嫩茎拉一把，使它紧贴在墙上。爬山虎就是这样一脚一脚地往上爬。如果你仔细看那些细小的脚，你会想起图画上蛟龙的爪子。

爬山虎的脚要是没触着墙，不几天就萎了，后来连痕迹也没有了。触着墙的，细丝和小圆片逐渐变成灰色。不要瞧不起那些灰色的脚，那些脚巴在墙上相当牢固，要是你的手指不费一点儿劲，休想拉下爬山虎的一根茎。

牵牛花

　　手种牵牛花，接连有三四年了。水门汀地没法下种，种在十来个瓦盆里。泥是今年又明年反复用着的，无从取得新的泥来加入。曾与铁路轨道旁种地的那个北方人商量，愿出钱向他买一点儿，他不肯。

　　从城隍庙的花店里买了一包过磷酸骨粉，搀和在每一盆泥里，这算代替了新泥。

　　瓦盆排列在墙脚，从墙头垂下十条麻线，每两条距离七八寸，让牵牛的藤蔓缠绕上去。这是今年的新计划，往年是把瓦盆摆在三尺光景高的木架子上的。这样，藤蔓很容易爬到了墙头；随后长出来的互相纠缠着，因自身的重量倒垂下来，但末梢的嫩条便又蛇头一般仰起，向上伸，与别组的嫩条纠缠，待不胜重量时重演那老把戏；因此墙头往往堆积着繁密的叶和花，与墙腰的部分不相称。今年从墙脚爬起，沿墙多了三尺光景的路程，或者会好一点儿；而且，这就将有一垛完全是叶和花的墙。

藤蔓从两瓣子叶中间引伸出来以后，不到一个月工夫，爬得最快的几株将要齐墙头了。每一个叶柄处生一个花蕾，像谷粒么大，便转黄萎去。据几年来的经验，知道起头的一批花蕾是开不出来的；到后来发育更见旺盛，新的叶蔓比近根部的肥大，那时的花蕾才开得成。

今年的叶格外绿，绿得鲜明；又格外厚，仿佛丝绒剪成的。这自然是过磷酸骨粉的功效。他日花开，可以推知将比往年的盛大。

但兴趣并不专在看花，种了这小东西，庭中就成为系人心情的所在，早上才起，工毕回来，不觉总要在那里小立一会儿。那藤蔓缠着麻线卷上去，嫩绿的头看似静止的，并不动弹；实际却无时不回旋向上，在先朝这边，停一歇再看，它便朝那边了。前一晚只是绿豆般大一粒嫩头，早起看时，便已透出二三寸长的新条，缀一两张长满细白茸毛的小叶子，叶柄处是仅能辨认形状的小花蕾，而末梢又有了绿豆般大一粒嫩头。有时认着墙上的斑驳痕迹，明天未必便爬到那里吧；但出乎意料，明晨竟爬到了斑驳痕之上；好努力的一夜工夫！"生之力"不可得见；在这样小立静观的当儿，却默契了"生之力"了。渐渐地，浑忘意想，复何言说，只呆对着这一墙绿叶。

即使没有花，兴趣未尝短少；何况他日花开，将比往年盛大呢。

1931年

藕与莼菜

　　同朋友喝酒，嚼着薄片的雪藕，忽然怀念起故乡来了。若在故乡，每当新秋的早晨，门前经过许多乡人：男的紫赤的胳膊和小腿肌肉突起，躯干高大且挺直，使人起健康的感觉；女的往往裹着白地青花的头巾，虽然赤脚，却穿短短的夏布裙，躯干固然不及男的那样高，但是别有一种健康的美的风致。他们各挑着一副担子，盛着鲜嫩的玉色的长节的藕。在产藕的池塘里，在城外曲曲弯弯的小河边，他们把这些藕一再洗濯，所以这样洁白。仿佛他们以为这是供人品味的珍品，这是清晨的画境里的重要题材，倘若涂满污泥，就把人家欣赏的浑凝之感打破了；这是一件罪过的事，他们不愿意担在身上，故而先把它们洗濯得这样洁白，才挑进城里来。他们要稍稍休息的时候，就把竹扁担横在地上，自己坐在上面，随便拣择担里过嫩的"藕枪"或是较老的"藕朴"，大口地嚼着解渴。过路的人就站住了，红衣衫的小姑娘拣一节，白头发的老公公买两支。清淡的甘美的滋味于是普遍于家家户户了。这种情形差不多是平常的日课，直到叶落秋深的时候。

在这里上海，藕这东西几乎是珍品了。大概也是从我们故乡运来的。但是数量不多，自有那些伺候豪华公子硕腹巨贾的帮闲茶房们把大部分抢去了；其余的就要供在较大的水果铺里，位置在金山苹果吕宋香芒之间，专待善价而沽。至于挑着担子在街上叫卖的，也并不是没有，但不是瘦得像乞丐的臂和腿，就是涩得像未熟的柿子，实在无从欣羡。因此，除了仅有的一回，我们今年竟不曾吃过藕。

这仅有的一回不是买来吃的，是邻居送给我们吃的。他们也不是自己买的，是从故乡来的亲戚带来的。这藕离开它的家乡大约有好些时候了，所以不复呈玉样的颜色，却满被着许多锈斑。削去皮的时候，刀锋过处，很不爽利。切成片送进嘴里嚼着，有些儿甘味，但是没有那种鲜嫩的感觉，而且似乎含了满口的渣，第二片就不想吃了。只有孩子很高兴，他把这许多片嚼完，居然有半点钟工夫不再作别的要求。

想起了藕就联想到莼菜。在故乡的春天，几乎天天吃莼菜。莼菜本身没有味道，味道全在于好的汤。但是嫩绿的颜色与丰富的诗意，无味之味真足令人心醉。在每条街旁的小河里，石埠头总歇着一两条没篷的船，满舱盛着莼菜，是从太湖里捞来的。取得这样方便，当然能日餐一碗了。

而在这里上海又不然；非上馆子就难以吃到这东西。我们当然不上馆子，偶然有一两回去叨扰朋友的酒席，恰又不是莼菜上市的时候，所以今年竟不曾吃过。直到最近，伯祥的杭州亲戚来了，送他瓶装的西湖莼菜，他送给我一瓶，我才算也尝了新。

向来不恋故乡的我，想到这里，觉得故乡可爱极了。我自己也不明白，为什么会起这么深浓的情绪？再一思索，实在很浅显：因为在故乡有所恋，而所恋又只在故乡有，就萦系着不能割舍了。譬如亲密的家人在那里，知心的朋友在那里，怎得不恋恋？怎得不怀念？但是仅仅为了爱故乡么？不是的，不过在故乡的几个人把我们牵系着罢了。若无所牵系，更何所恋念？像我现在，偶然被藕与莼菜所牵系，所以就怀念起故乡来了。

所恋在哪里，哪里就是我们的故乡了。

1923 年 9 月 7 日

没有秋虫的地方

　　阶前看不见一茎绿草，窗外望不见一只蝴蝶，谁说是
鹁鸽箱里的生活，鹁鸽未必这样枯燥无味呢。秋天来了，
记忆就轻轻提示道："凄凄切切的秋虫又要响起来了。"可
是一点影响也没有，邻舍儿啼人闹弦歌杂作的深夜，街上
轮震石响邪许并起的清晨，无论你靠着枕头听，凭着窗沿
听，甚至贴着墙角听，总听不到一丝秋虫的声音。并不是
被那些欢乐的劳困的宏大的清亮的声音淹没了，以致听不
出来，乃是这里根本没有秋虫。啊，不容留秋虫的地方！
秋虫所不屑居留的地方！

　　若是在鄙野的乡间，这时候满耳朵是虫声了。白天与
夜间一样地安闲；一切人物或动或静，都有自得之趣；嫩

暖的阳光和轻淡的云影覆盖在场上，到夜呢，明耀的星月和轻微的凉风看守着整夜，在这境界这时间里唯一足以感动心情的就是秋虫的合奏。它们高低宏细疾徐作歇，仿佛经过乐师的精心训练，所以这样地无可批评，踌躇满志。其实它们每一个都是神妙的乐师；众妙毕集，各抒灵趣，哪有不成人间绝响的呢。

虽然这些虫声会引起劳人的感叹，秋士的伤怀，独客的微喟，思妇的低泣，但是这正是无上的美的境界，绝好的自然诗篇，不独是旁人最欢喜吟味的，就是当境者也感受一种酸酸的麻麻的味道，这种味道在另一方面是非常隽永的。

大概我们所薪求的不在于某种味道，只要时时有点儿味道尝尝，就自诩为生活不空虚了。假若这味道是甜美的，我们固然含着笑来体味它；若是酸苦的，我们也要皱着眉头来辨尝它：这总比淡漠无味胜过百倍。我们以为最难堪而极欲逃避的，唯有这个淡漠无味！

所以心如槁木不如工愁多感，迷蒙的醒不如热烈的梦，一口苦水胜于一盏白汤，一场痛哭胜于哀乐两忘。这里并不是说愉快乐观是要不得的，清健的醒是不必求的，甜汤是罪恶的，狂笑是魔道的；这里只是说有味远胜于淡漠罢了。

所以虫声终于是足系恋念的东西。何况劳人秋士独客思妇以外还有无量数的人，他们当然也是酷嗜趣味的，当这凉意微逗的时候，谁能不忆起那美妙的秋之音乐？

可是没有，绝对没有！井底似的庭院，铅色的水门汀地，秋虫早已避去唯恐不速了。而我们没有它们的翅膀与大腿，不能飞又不能跳，还是死守在这里。想到"井底"与"铅色"，觉得象征的意味丰富极了。

1923年8月31日

记金华的两个岩洞

今年四月十四日，我在浙江金华，游北山的两个岩洞，双龙洞和冰壶洞。洞有三个，最高的一个叫朝真洞，洞中泉流跟冰壶、双龙上下相贯通，我因为足力不济，没有到。

出金华城大约五公里到罗甸。那里的农业社兼种花，种的是茉莉、白兰、珠兰之类，跟我们苏州虎丘一带相类，但是种花的规模不及虎丘大。又种佛手，那是虎丘所没有的。据说佛手要那里的土培植，要双龙泉水灌溉，才长得好，如果移到别处，结成的佛手就像拳头那么一个，没有长长的指头，不成其为"手"了。

过了罗甸就渐渐入山。公路盘曲而上，工人正在填石培土，为巩固路面加工。山上几乎开满映山红，比较盆栽的杜鹃，无论花朵和叶子，都显得特别有精神。油桐也正开花，这儿一丛，那儿一簇，很不少。我起初以为是梨花，后来认叶子，才知道不是。丛山之中有几脉，山上砂土作粉红色，在他处似乎没有见过。粉红色的山，各色的映山红，再加上或深或淡的新绿，眼前一片明艳。

一路迎着溪流。随着山势，溪流时而宽，时而窄，时而缓，时而急，溪声也时时变换调子。入山大约五公里就到双龙洞口，那溪流就是从洞里出来的。

在洞口抬头望，山相当高，突兀森郁，很有气势。洞口像桥洞似的作穹形，很宽。走进去，仿佛到了个大会堂，周围是石壁，头上是高高的石顶，在那里聚集一千或是八百人开个会，一定不觉得拥挤。泉水靠着洞口的右边往外流。这是外洞，因为那边还有个洞口，洞中光线明亮。

在外洞找泉水的来路，原来从靠左边的石壁下方的孔隙流出。虽说是孔隙，可也容得下一只小船进出。怎样小的小船呢？两个人并排仰卧，刚合适，再没法容第三个人，是这样小的小船。船两头都系着绳子，管理处的工友先进内洞，在里边拉绳子，船就进去，在外洞的工友拉另一头的绳子，船就出来。我怀着好奇的心情独个儿仰卧在小船里，遵照人家的嘱咐，自以为从后脑到肩背，到臀部，到脚跟，没一处不贴着船底了，才说一声"行了"，船就慢慢移动。眼前昏暗了，可是还能感觉左右和上方的山石似乎都在朝我挤压过来。我又感觉要是把头稍微抬起一点儿，准会撞破了额角，擦伤了鼻子。大约行了二三丈的水程吧（实在也说不准确），就登陆了，那就到了内洞。要不是工友提着汽油灯，内洞真是一团漆黑，什么都看不见。即使有了汽油灯，还只能照见小小的一搭地方，余外全是昏暗，不知道有多么宽广。工友以导游者的身份，高高举起汽油灯，逐一指点内洞的景物。首先当然是蜿蜒在洞顶的双龙，一条黄龙，一条青龙。我顺着他的指点看，有点儿像。其次是些石钟乳和石笋，这是什么，那是什么，大都依据形状想象成仙家、动物以及宫室、器用，名目有四十多。这是各处岩洞的通例，凡是岩洞都有相类的名目。我不感兴趣，虽然听了，一个也没有记住。

有岩洞的山大多是石灰岩。石灰岩经地下水长时期的浸蚀，形成岩洞。地下水含有碳酸，石灰岩是碳酸钙，碳酸钙遇着水里的碳酸，就成酸性碳酸钙。酸性碳酸钙是溶解于水的，这是岩洞形成和逐渐扩大的缘故。水渐渐干的时候，其中碳酸分解成水和二氧化碳气跑走，剩下的又是固体的碳酸钙。从洞顶下垂，凝成固体的，就是石钟乳，点滴积累，凝结在洞底的，就是石笋，道理是一样的。唯其如此，凝成的形状变化多端，再加上颜色各异，即使不比作什么什么，也就值得观赏。

在洞里走了一转，觉得内洞比外洞大得多，大概有十来进房子那么大。泉水靠着右边缓缓地流，声音轻轻的。上源在深黑的石洞里。

查《徐霞客游记》，霞客在崇祯九年（一六三六）十月初十日游三洞。郁达夫也到过，查他的游记，是一九三三年十一月十二日。达夫游记说内洞石壁上"唐宋人的题名石刻很多，我所见到的，以庆历四年的刻石为最古。……清人题壁，则自乾隆以后绝对没有了，盖因这里洞，自那时候起，为泥沙淤塞了的缘故"。达夫去的时候，北山才经整理，旧洞新辟。到现在又是二十多年了，最近北山再经整理，公路修起来了，休憩茶饭的所在布置起来了，外洞内洞收拾得干干净净。我去的那一天是星期日，游人很不少，工人、农民、干部、学生都有，外洞内洞闹哄哄的，要上小船得排队等候好一会儿。这种景象，莫说徐霞客，假如达夫还在人世，也一定会说二十年前决想不到。

我排队等候，又仰卧在小船里，出了洞。在外洞前边休息了一会儿，就往冰壶洞。根据刚才的经验，知道洞里潮湿，穿布鞋非但容易湿透，而且把不稳脚。我就买一双草鞋，套在布鞋上。

从双龙洞到冰壶洞有石级。平时没有锻炼，爬了三五十级就气呼呼的，两条腿一步重一步了，两旁的树木山石也无心看了。爬爬歇歇直到冰壶洞口，也没有数一共多少级，大概有三四百级吧。洞口不过小县城的城门那么大，进了洞就得往下走。沿着石壁凿成石级，一边架设木栏杆以防跌下去，跌下去可真不是玩儿的。工友提着汽油灯在前边引导，我留心脚下，踩稳一脚再挪动一脚，觉得往下走也不比向上爬轻松。

忽然听见水声了，再往下没有多少步，声音就非常大，好像整个洞里充满了轰轰的声音，真有逼人的气势，就看见一挂瀑布从石隙吐出来，吐出来的地方石势突出，所以瀑布全部悬空，上狭下宽，高大约十丈。身在一个不知道多么大的岩洞里，凭汽油灯的光平视这飞珠溅玉的形象，耳朵里只听见它的轰轰，脸上手上一阵阵地沾着飞来的细水滴，这是平生从未经历的境界，当时的感受实在难以描述。

再往下走几十级，瀑布就在我们上头，要抬头看了。这时候看见一幅奇景，好像天蒙蒙亮的辰光正下急雨，千万支银箭直射而下，天边还留着几点残星。这个比拟是工友说给我听的，听了他说的，抬头看瀑布，越看越有意味。这个比拟比较把石钟乳比作狮子和象之类，意境高得多了。

在那个位置上仰望，瀑布正承着洞口射进来的光，所以不须照灯，通体雪亮，所谓残星，其实是白色石钟乳的反光。

这个瀑布不像一般瀑布，底下没有潭，落到洞底就成伏流，是双龙洞泉水的上源。

现在把徐霞客记冰壶洞的文句抄在这里，以供参证。"洞门仰如张吻。先投杖垂炬而下，滚滚不见其底。乃攀隙倚空入其咽喉。忽闻水声轰轰，愈秉炬从之，则洞之中央，一瀑从空下坠，冰花玉屑，从黑暗处耀成洁采。水穴石中，莫稔所去。复秉炬四穷，其深陷逾于朝真，而屈曲少逊。"

1957年10月25日

苏州园林

苏州园林据说有一百多处，我到过的不过十多处。其他地方的园林我也到过一些。倘若要我说说总的印象，我觉得苏州园林是我国各地园林的样本，各地园林或多或少都受到苏州园林的影响。因此，谁如果要鉴赏我国的园林，苏州园林就不该错过。

设计者和匠师们因地制宜，自出心裁，修建成功的园林当然各个不同。可是苏州各个园林在不同之中有个共同点，似乎设计者和匠师们一致追求的是：务必使游览者无论站在哪个点上，眼前总是一幅完美的图画。为了达到这个目的，他们讲究亭台轩榭的布局，讲究假山池沼的配合，讲究花草树木的映衬，讲究近景远景的层次。总之，一切都要为构成完美的图画而存在，决不容许有欠美伤美的败笔。他们唯愿游览者得到"如在画图中"的美感，而他们的成绩实现了他们的愿望，游览者来到园里，没有一个不心里想着口头说着"如在画图中"的。

我国的建筑，从古代的宫殿到近代的一般住房，绝大部分是对称的，左边怎么样，右边也怎么样。苏州园林可绝不讲究对称，好像故意避免似的。东边有了一个亭子或者一道回廊，西边决不会来一个同样的亭子或者一道同样的回廊。这是为什么？我想，用图画来比方，对称的建筑是图案画，不是美术画，而园林是美术画，美术画要求自然之趣，是不讲究对称的。

苏州园林里都有假山和池沼。假山的堆叠，可以说是一项艺术而不仅是技术。或者是重峦叠嶂，或者是几座小山配合着竹子花木，全在乎设计者和匠师们平生多阅历，胸中有丘壑，才能使游览者攀登的时候忘却苏州城市，只觉得身在山间。至于池沼，大多引用活水。有些园林池沼宽敞，就把池沼作为全园的中心，其他景物配合着布置。水面假如成河道模样，往往安排桥梁。假如安排两座以上的桥梁，那就一座一个样，决不雷同。池沼或河道的边沿很少砌齐整的石岸，总是高低屈曲任其自然。还在那儿布置几块玲珑的石头，或者种些花草：这也是为了取得从各个角度看都成一幅画的效果。池沼里养着金鱼或各色鲤鱼，夏秋季节荷花或睡莲开放，游览者看"鱼戏莲叶间"，又是入画的一景。

苏州园林栽种和修剪树木也着眼在画意。高树与低树俯仰生姿。落叶树与常绿树相间，花时不同的多种花树相间，这就一年四季不感到寂寞。没有修剪得像宝塔那样的松柏，没有阅兵式似的道旁树；因为依据中国画的审美观点看，这是不足取的。有几个园里有古老的藤萝，盘曲嶙峋的枝干就是一幅好画。开花的时候满眼的珠光宝气，使游览者感到无限的繁华和欢悦，可是没法说出来。

游览苏州园林必然会注意到花墙和廊子。有墙壁隔着，有廊子界着，层次多了，景致就见得深了。可是墙壁上有砖砌的各式镂空图案，廊子大多是两边无所依傍的，实际是隔而不隔，界而未界，因而更增加了景致的深度。有几个园林还在适当的位置装上一面大镜子，层次就更多了，几乎可以说把整个园林翻了一番。

游览者必然也不会忽略另外一点，就是苏州园林在每一个角落都注意图画美。阶砌旁边栽几丛书带草。墙上蔓延着爬山虎或者蔷薇木香。如果开窗正对着白色墙壁，太单调了，给补上几竿竹子或几棵芭蕉。诸如此类，无非要游览者即使就极小范围的局部看，也能得到美的享受。

苏州园林里的门和窗，图案设计和雕镂琢磨功夫都是工艺美术的上品。大致说来，那些门和窗尽量工细而决不庸俗，即使简朴而别具匠心。四扇，八扇，十二扇，综合起来看，谁都要赞叹这是高度的图案美。摄影家挺喜欢这些门和窗，他们斟酌着光和影，摄成称心满意的照片。

　　苏州园林与北京的园林不同，极少使用彩绘。梁和柱子以及门窗栏杆大多漆广漆，那是不刺眼的颜色。墙壁白色。有些室内墙壁下半截铺水磨方砖，淡灰色和白色对衬。屋瓦和檐漏一律淡灰色。这些颜色与草木的绿色配合，引起人们安静闲适的感觉。花开时节，更显得各种花明艳照眼。

　　可以说的当然不只以上这些，这里不再多写了。

天井里的种植

搬到上海来十多年，一直住的弄堂房子。弄堂房子，内地人也许不明白是什么式样。那是各所一律的：前墙通连，隔墙公用；若干所房子成为一排；前后两排间的通路就叫作"弄堂"；若干条弄堂合起来总称什么里什么坊，表示那是某一个房主的房产。每一所房子开门进去是个小天井。天井，也许又有人不明白是什么。天井就是庭院；弄堂房子的庭院可真浅，只须三四步就跨过了，横里等于一所房子的阔，也不过五六步光景，如果从空中望下来，一定会觉得那个"井"字怪适当的。天井跨进去就是正间。正间背后横生着扶梯，通到楼上的正间以及后面的亭子间。因为房子并不宽，横生的扶梯够不到楼上的正间，碰到墙，拐弯向前去，又是四五级，那才是楼板。到亭子间可不用跨这四五级，所以亭子间比楼正间低。亭子间的下层是灶间；上层是晒台，从楼正间另一旁的扶梯走上去。近年来常常在文人笔下出现的亭子间就是这么局促闷损的居室。然而弄堂房子的结构确乎值得佩服；俗语说，"麻雀虽小，五脏俱全"，弄堂房子就合着这样经济的条件。

住弄堂房子，非但栽不成深林丛树，就是几棵花草也没法种，因为天井里完全铺着水门汀。你要看花草只有种在花盆里。盆里的泥往往是反复地种过了几种东西的，一些养料早被用完，又没处去取肥美的泥土来加入，所以长出叶子来开出花朵来大都瘦小可怜。有些人家嫌自己动手麻烦，又正有余多的钱足以对付小小的奢侈的开支，就与花园约定，每个月送两回或者三回盆景来；这样，家里就长年有及时的花草，过了时的自有花匠带回去，真是毫不费事。然而这等人家的趣味大都在于不缺少照例应有的点缀，自己的生活跟花草的生活却并没有多大干系；只要看花匠带回去的，不是干枯了的叶子，就是折断了的枝干，可见我这话没有冤枉了他们。再有些人家从小菜场买一些折枝截茎的花草，拿回来就插在花瓶里，不像日本人那样讲究什么"花道"，插成"乱柴把"或者"喜鹊窠"都不在乎；直到枯萎了，拔起来向垃圾桶一扔，就此完事。这除了"我家也有一点儿花草"以外，实在很少意味。

我们乐于亲近植物，趣味并不完全在看花。一根枝条伸出来，一张叶子展开来，你如果耐着性儿看，随时有新的色泽跟姿态勾引你的欢喜。到了秋天冬天，吹来几阵西风北风，树叶毫不留恋地掉将下来；这似乎最乏味了。然而你留心看时，就会发现枝条上旧时生着叶柄的处所，有很细小的一粒透露出来，那就是来春新枝条的萌芽。春天的到来是可以预计的，所以你对着没有叶子的枝条也不至于感到寂寞，你有来春看新绿的希望。这固然不值一班珍赏家的一笑，在他们，树一定要搜求佳种，花一定要能够入谱，寻常的种类跟谱外的货色就不屑一看；但是，果真能从花草方面得到真实的享受，做一个非珍赏家的"外行"又有什么关系。然而买一点折枝截茎的花草来插在花瓶里，那是无法得到这种享受的；叫花匠每个月送几回盆景来也不行，因为时间太短促，你不能读遍一种植物的生活史；自己动手弄盆栽当然比较好，可是植物入了盆犹如鸟进了笼，无论如何总显得拘束，滞钝，跟原来不一样。推究到底，只有把植物种在泥地里最好。可是哪来泥地呢？弄堂房子的天井里有的是坚硬的水门汀！

把水门汀去掉，我时时这样想，并且告诉别人。关切我的人就提出了驳议。有两说：又不是自己的房产，给点缀花木犯不着，这是一说；谁知道这所房子住多少日子，何必种了花木让别人看，这是又一说。前者着眼在经济，后者只怕徒劳而得不到报酬。这种见识虽然不能叫我信服，可是究属好意；我对他们都致了谢。然而也并没有立刻动手。直到三年前的冬季，才真个把天井里的水门汀的两边凿去，只留当中一道，作为通路。水门汀下面满是砖砾，烦一个工人用了独轮车替我运出去。他就从不很近的田野里载回来泥土，倒在凿开的地方。来回四五趟，泥土与留着的水门汀平了。于是我买一些植物来种下，计蔷薇两棵，紫藤两棵，红梅一棵，芍药根一个。蔷薇跟紫藤都落了叶，但是生着叶柄的处所，萌芽的小粒已经透出来了；红梅满缀着花蕾，有几个已经展开了一两瓣；芍药根生着嫩红的新芽，像一个个笔尖，尤其可爱。我希望它们发育得壮健些，特地从江湾买来一片豆饼，融化了，分配在各棵的根旁边；又听说芍药更需要肥料，先在安根处所的下边埋了一条猪的大肠。

不到两个月，"一·二八"战役起来了。停战以后，我回去捡残余的东西。天井完全给碎砖断板掩没了。只红梅的几条枝条伸出来，还留着几个干枯的花萼；新叶全不见，大概是没命了。当时心里充满着种种的愤恨，一瞥过后，就不再想到花呀草呀的事。后来回想起来，才觉得这回的种植真是多此一举。既没有点缀人家的房产，也没有让别人看到什么，除了那棵红梅总算看见它半开以外，一点儿效果都没有得到，这才是确切的"犯不着"。然而当初提出驳议的人并不曾想到这一层。

去年秋季，我又搬家了。经朋友指点，来看这所房子，才进里门，我就中了意，因为每所房子的天井都留着泥地，再不用你费事，只一条过路涂的水门汀。搬了进来之后，我就打算种点儿东西。一个卖花的由朋友介绍过来了。我说要一棵垂柳，大约齐楼上的栏杆那么高。他说有，下礼拜早上送来。到了那礼拜天，一家人似乎有一位客人将要到来，都起得很早。但是，报纸送来了，到小菜场去买菜的回来了，垂柳却没有消息。那卖花的"放生"了吧，不免感到失望。忽然，"树来了！树来了!"在弄堂里赛跑的孩子叫将起来。三个人扛着一棵绿叶蓬蓬的树，在门首停下；不待竖直，就认知这是柳树而并不是垂柳。为什么不送一棵垂柳来呢？种活来得难哩，价钱贵得多哩，他们说出好些理由。不垂又有什么关系，具有生意跟韵致是一样的。就叫他们给我种在门侧；正是齐楼上的栏杆那么高。问多少价钱，两块四，我照给了。人家都说太贵，若在乡下，这样一棵柳树值不到两毛钱。我可不这么想。三个人的劳力，从江湾跑了十多里路来到我这里，并且带来一棵绿叶蓬蓬的柳树，还不值这点儿钱吗？就是普通的商品，譬如四毛钱买一双袜子，一块钱买三罐香烟，如果撇开了资本吸收利润这一点来说，付出的代价跟取得的享受总有些抵不过似的，因为每样物品都是最可贵的劳力的化身，而付出的代价怎样来的，未必每个人没有问题。

柳树离开了土地一些时，种下去过了三四天，叶子转黄，都软软地倒垂了；但枝条还是绿的。半个月后就是小春天气，接连十几天的暖和，枝条上透出许多嫩芽来；这尤其叫人放心。现在吹过了几阵西风，节令已交小寒，这些嫩芽枯萎了。然而清明时节必将有一树新绿是无疑的。到了夏天，繁密的柳叶正好代替凉棚，遮护这小小的天井：那又合于家庭经济原理了。

柳树以外，我又在天井里种了一棵夹竹桃，一棵绿梅，一条紫藤，一丛蔷薇，一个芍药根，以及叫不出名字来的两棵灌木；又有一棵小刺柏，是从前住在这里的人家留下来的。天井小，而我偏贪多；这几种东西长大起来，必然彼此都不舒服。我说笑话，我安排下一个"物竞"的场所，任它们去争取"天择"吧。那棵绿梅花蕾很多，明后天有两三朵开了。

1935年

卖白果

　　总弄里边不知不觉笼上黄昏的暮色，一列电灯亮起来了。三三两两的男子和妇女站在各弄的口头，似乎很正经的样子，不知在谈些什么。几个孩子，穿鞋没拔上跟，他们互相追赶，鞋底擦着水门汀地，作"踢踢"的音响。

　　这时候，一个挑担的慢慢地走进弄来，他向左右观看，顿一顿再向前走两三步。他探认主顾的习惯就是如此；主顾确是必须探认的，不然，挑着担子出来难道是闲耍么？走到第四弄的口头，他把担子歇下来了。我们试看看他的担子。后头有一个木桶，盖着盖子，看不见盛的是什么东西。前头却很有趣，装着个小小的炉子，同我们烹茶用的差不多，上面承着一只小镬子；瓣状的火焰从镬子旁边舔出来，烧得不很旺。在这暮色已浓的弄口，便构成个异样的情景。

他开了镬子的盖子，用一爿蚌壳在镬子里拨动，同时不很协调地唱起来了："新鲜热白果，要买就来数。"发音很高，又含有急促的意味。这一唱影响可不小，左弄右弄里的小孩子陆续奔出来了，他们已经神往于镬子里的小颗粒，大人在后面喊着慢点儿跑的声音，对于他们只是微茫的喃喃了。

据平昔的经验，听到叫卖白果的声音时，新凉已经接替了酷暑；扇子虽不至于就此遭到捐弃，总不是十二分时髦的了；因此，这叫卖声里似乎带着一阵凉意。今年入秋转热，回家来什么也不做，还是气闷，还是出汗。正在默默相对，仿佛要叹息着说莫可奈何之际，忽然送来这么带着凉意的一声两声，引起我片刻的幻想的快感，我真要感谢了。

这声音又使我回想到故乡的卖白果的。做这营生的当然不只是一个，但叫卖的声调却大致相似，悠扬而轻清，恰配作新凉的象征；比较这里上海的卖白果的叫卖声有味得多了。他们的唱句差不多成为儿歌，我小时候曾经受教于大人，也模仿着他们的声调唱：

烫手热白果，

香又香来糯又糯；

一个铜钱买三颗，

三个铜钱买十颗。

要买就来数，

不买就挑过。

这真是粗俗的通常话，可是在静寂的夜间的深巷中，这样不徐不疾，不刚劲也不太柔软地唱出来，简直可以使人息心静虑，沉入享受美感的境界。本来，除开文艺，单从声音方面讲，凡是工人所唱一切的歌，小贩呼唤的一切叫卖声，以及戏台上红面孔白面孔青衫长胡子所唱的戏曲，中间都颇有足以移情的。我们不必辨认他们唱的是些什么话，含着什么意思，单就那调声的抑扬徐疾送渡转折等等去吟味；也不必如考据家内行家那样用心，推究某种俚歌源于什么，某种腔调是从前某老板的新声，特别可贵；只取足以悦我们的耳的，就多听它一会；这样，也就可以获得不少赏美的乐趣。如果歌唱的也就是极好的文艺，那当然更好，原是不待说明的。

这里上海的卖白果的叫卖声所以不及我故乡的，声调不怎么好自然是主因，而里中欠静寂，没有给它衬托，也有关系。弄里的零零碎碎的杂声，里外马路上的汽车声，工厂里的机器声，搅和在一起，就无所谓静寂了。即使是神妙的音乐家，在这境界中演奏他平生的绝艺，也要打个很大的折扣，何况是不足道的卖白果的叫卖声呢。

但是它能引起我片刻的幻想的快感，总是可以感谢而且值得称道的。

1924年8月22日

昆　曲

　　昆曲本是吴方言区域里的产物，现今还有人在那里传习。苏州地方，曲社有好几个。退休的官僚，现任的善堂董事，从课业练习簿的堆里溜出来的学校教员，专等冬季里开栈收租的中年田主少年田主，还有诸如此类的一些人，都是那几个曲社里的社员。北平并不属于吴方言区域，可是听说也有曲社，又有私家聘请了教师学习的，在太太们，能唱几句昆曲算是一种时髦。除了这些"爱美的"唱曲家偶尔登台串演以外，职业的演唱家只有一个班子，这是唯一的班子了，就是上海"大千世界"的"仙霓社"。逢到星期日，没有什么事来逼迫，我也偶尔跑去看他们演唱，消磨一个下午。

演唱昆曲是厅堂里的事。地上铺一方红地毯，就算是剧中的境界；唱的时候，笛子是主要的乐器，声音当然不会怎么响，但是在一个厅堂里，也就各处听得见了。搬上旧式的戏台去，即使在一个并不宽广的戏园子里，就不及平剧那样容易叫全体观众听清。如果搬上新式的舞台去，那简直没法听，大概坐在第五六排的人就只看见演员拂袖按鬓了。我不曾做过考据功夫，不知道什么时候开始有演唱昆曲的戏园子。从一些零星的记载看来，似乎明朝时候只有绅富家里养着私家的戏班子。《桃花扇》里有陈定生一班文人向阮大铖借戏班子，要到鸡鸣埭上去吃酒，看他的《燕子笺》，也可以见得当时的戏不过是几十个人看看罢了。我十几岁的时候，苏州城外有演唱平剧的戏园子两三家，演唱昆曲的戏园子是不常有的，偶尔开设起来，开锣不久，往往因为生意清淡就停闭了。

昆曲彻头彻尾是士大夫阶级的娱乐品，宴饮的当儿，叫养着的戏班子出来演几出，自然是满写意的。而那些戏本子虽然也有幽期密约，盗劫篡夺，但是总要归结到教忠教孝，劝贞劝节，神佛有灵，人力微薄，这就除了供给娱乐以外，对于士大夫阶级也尽了相当的使命。就文词而言，据内行家说，多用词藻故实是不算稀奇的，要像元曲那样亦文亦话才是本色。但是，即使像了元曲，又何尝能够句句像口语一样听进耳朵就明白？再说，昆曲的调子有非常迂缓的，一个字延长到十几拍，那就无论如何讲究辨音，讲究发声跟收声，听的人总之难以听清楚那是什么字了。所以，听昆曲先得记熟曲文；自然，能够通晓曲文里的故实跟词藻那就尤其有味。这又岂是士大夫阶级以外的人所能办到的？当初编撰戏本子的人原来不曾为大众设想，他们只就自己的天地里选一些材料，编成悲欢离合的故事，借此娱乐自己，教训同辈，或者发发牢骚。谁如果说昆曲太不顾到大众，谁就是认错了题目。

昆曲的串演，歌舞并重。舞的部分就是身体的各种动作跟姿势，唱到哪个字，眼睛应该看哪里，手应该怎样，脚应该怎样，都由老师傅传授下来，世代遵守着。动作跟姿势大概重在对称，向左方做了这么一个舞态，接下来就向右方也做这么一个舞态，意思是使台下的看客得到同等的观赏。譬如《牡丹亭》里的《游园》一出，杜丽娘小姐跟春香丫头就是一对舞伴，从闺中晓妆起，直到游罢回家止，没有一刻不是带唱带舞的，而且没有一刻不是两人互相对称的。这一点似乎比较平剧跟汉调来得高明。前年看见过一本《国剧身段谱》，详记平剧里各种角色的各种姿势，实在繁复非凡；可是我们去看平剧，就觉得演员很少有动作，如《李陵碑》里的杨老令公，直站在台上尽唱，两手插在袍甲里，偶尔伸出来挥动一下罢了。昆曲虽然注重动作跟姿势，也要演员能够体会才好，如果不知道所以然，只是死守着祖传来表演，那就跟木偶戏差不多。

昆曲跟平剧在本质上没有多大差别，然而后者比较适合于市民，而士大夫阶级已无法挽救他们的没落，昆曲恐将不免于淘汰。这跟麻将代替了围棋，豁拳代替了酒令，是同样的情形。虽然有曲社里的人在那里传习，然而可怜得很，有些人连曲文都解不通，字音都念不准，自以为风雅，实际上却是薛蟠那样的哼哼，活受罪，等到一个时会到来，他们再没有哼哼的余闲，昆曲岂不将就此"绝响"？这也没有什么可惜，昆曲原不过是士大夫阶级的娱乐品罢了。

有人说，还有大学文科里的"曲学"一门在。大学文科分门这样细，有了诗，还有词，有了词，还有曲，有了曲，还有散曲跟剧曲，有了剧曲，还有元曲研究跟传奇研究，我只有钦佩赞叹，别无话说。如果真是研究，把曲这样东西看做文学史里的一宗材料，还它个本来面目，那自然是正当的事。但是人的癖性往往会因为亲近了某种东西，生出特别的爱好心情来，以为天下之道尽在于此。这样，就离开研究二字不止十里八里了。我又听说某一所大学里的"曲学"一门功课，教授先生在教室里简直就教唱昆曲，教台旁边坐着笛师，笛声嘘嘘地吹起来，教授先生跟学生就一同嗳嗳嗳……地唱起来。告诉我的那位先生说这太不成话了，言下颇有点愤慨。我说，那位教授先生大概还没有知道，"仙霓社"的台柱子，有名的巾生顾传玠，因为唱昆曲没前途，从前年起丢掉本行，进某大学当学生去了。

这一回又是望道先生出的题目。真是漫谈，对于昆曲一点儿也没有说出中肯的话。

1931年10月

三种船

　　一连三年没有回苏州去上坟了。今年秋天有点儿空闲，就去上一趟坟。上坟的意思无非是送一点钱给看坟的坟客，让他们知道某家的坟还没有到可以盗卖的地步罢了。上我家的坟得坐船去。苏州人上坟向来大都坐船，天气好，逃出城圈子，在清气充塞的河面上畅快地呼吸一天半天，确是非常舒服的事。这一趟我去，雇的是一条熟识的船。涂着的漆差不多剥光了，窗框歪斜，平板破裂，一副残废的样子。问起船家，果然，这条船几年没有上岸修理了。今年夏季大旱，船只好胶住在浅浅的河浜里，哪里还有什么生意，又哪里来钱上岸修理。就是往年，除了春季上坟，船也只有停在码头上迎晓风送夕阳的份儿。近年来到各乡各镇去，都有了小轮船，不然，可以坐绍兴人的"当当船"，也不比小轮船慢，而且价钱都很便宜。如果没有上坟这件事，苏州城里的船恐怕只能劈作柴烧了。而上坟的事大概是要衰落下去的，就像我，已经改变为三年上一趟坟了。

苏州城里的船叫作"快船"，与别地的船比起来，实在是并不快的。因为不预备经过什么长江大湖，所以吃水很浅，船底阔而平。除了船头是露天以外，分做头舱、中舱和艄篷三部分。头舱可以搭高，让人站直不至于碰头顶。两旁边各有两把或者三把小巧的靠背交椅，又有小巧的茶几。前檐挂着红绿的明角灯，明角灯又挂着红绿的流苏。踏脚的是广漆的平板，一般是六块，由横的直的木条承着。揭开平板，下面是船家的储藏库。中舱也铺着若干块平板，可是差不多贴着船底，所以从头舱到中舱得跨下一尺多。中舱两旁边是两排小方窗，上面的一排可以吊起来，第二排可以卸去，以便靠着船舷眺望。以前窗子都配上明瓦，或者在拼凑的明瓦中间镶这么一小方玻璃，后来玻璃来得多了，就完全用玻璃。中舱与头舱、艄篷分界处都有六扇书画小屏门，上方下方装在不同的几条槽里，要开要关，只须左右推移。书画大多是金漆的，无非"寒雨连江夜入吴"，"月落乌啼霜满天"以及梅兰竹菊之类，中舱靠后靠右搁着长板，供客憩坐。如果过夜，只要靠后多拼一两条长板，就可以摊被褥。靠左当窗放一张小方桌，方桌旁边四张小方凳。如果在小方桌上放上圆桌面，十来个人就可以聚餐。靠后靠右的长板以及头舱的平板都是座头，小方凳摆在角落里凑数。末了儿说到艄篷，那是船家整个的天地。艄篷同头舱一样，平板以下还有地位，放着锅灶碗橱以及铺盖衣箱种种东西。揭开一块平板，船家就蹲在那里切肉煮菜。此外是摇橹人站着摇橹的地方。橹左右各一把，每把由两个人服事，一个当橹柄，一个当橹绳。船家如果有小孩，走不来的躺在困桶里，放在翘起的后艄，能够走的就让他在那里爬，拦腰一条绳拴着，系在篷柱上，以防跌到河里去。后艄的一旁露出四条棍子，一顺地斜并着，原来大概是护船的武器，后来转变成装饰品了。全船除着水的部分以外，窗门板柱都用广漆，所以没有其他船上常有的那种难受的桐油气味。广漆的东西容易擦干净，船旁边有的是水，只要船家不懒惰，船就随时可以明亮爽目。

从前，姑奶奶回娘家哩，老太太看望小姐哩，坐轿子嫌吃力，就唤一条快船坐了去。在船里坐得舒服，躺躺也不妨，又可以吃茶，吸水烟，甚至抽大烟。只是城里的河道非常脏，有人家倾弃的垃圾，有染坊里放出来的颜色水，淘米净菜洗衣服涮马桶又都在河旁边干，使河水的颜色和气味变得没有适当的字眼可以形容。有时候还浮着肚皮胀得饱饱的死猫或者死狗的尸体。到了夏天，红里子白里子黄里子的西瓜皮更是洋洋大观。苏州城里河道多，有人就说是东方的威尼斯。威尼斯像这个样子，又何足羡慕呢？这些，在姑奶奶老太太等人是不管的，只要小天地里舒服，以外尽不妨马虎，而且习惯成自然，那就连抬起手来按住鼻子的力气也不用花。城外的河道宽阔清爽得多，到附近的各乡各镇去，或逢春秋好日子游山玩景，以及干那宗法社会里的重要事项——上坟，唤一条快船去当然最为开心。船家做的菜是菜馆比不上的，特称"船菜"。正式的船菜花样繁多，菜以外还有种种点心，一顿吃不完。非正式地做几样也还是精，船家训练有素，出手总不脱船菜的风格。拆穿了说，船菜所以好就在于只准备一席，小镬小锅，做一样是一样，汤水不混和，材料不马虎，自然每样有它的真味，叫人吃完了还觉得馋涎欲滴。倘若船家进了菜馆里的大厨房，大镬炒虾，大锅煮鸡，那也一定会有坍台的时候的。话得说回来，船菜既然好，坐在船里又安舒，可以眺望，可以谈笑，玩它个夜以继日，于是快船常有求过于供的情形。那时候，游手好闲的苏州人还没有识得"不景气"的字眼，脑子里也没有类似"不景气"的想头，快船就充当了适应时机的幸运儿。

除了做船菜，船家还有一种了不得的本领，就是相骂。相骂如果只会防御，不会进攻，那不算稀奇。三言两语就完，不会像藤蔓似的纠缠不休，也只能算次等角色。纯是常规的语法，不会应用修辞学上的种种变化，那就即使纠缠不休也没有什么精彩。船家与人家相骂起来，对于这三层都能毫无遗憾，当行出色。船在狭窄的河道里行驶，前面有一条乡下人的柴船或者什么船冒冒失失地摇过来，看去也许会碰撞一下，船家就用相骂的口吻进攻了，"你瞎了眼睛吗？这样横冲直撞是不是去赶死？"诸如此类。对方如果有了反响，那就进展到纠缠不休的阶段，索性把摇橹撑篙的手停住了，反复再四地大骂，总之错失全在对方，所以自己的愤怒是不可遏制的。然而很少骂到动武，他们认为男人盘辫子女人扭胸脯不属于相骂的范围。这当儿，你得欣赏他们的修辞的才能。要举例子，一时可记不起来，但是在听到他们那些话语的时候，你一定会想，从没有想到话语可以这么说的，然而唯有这么说，才可以包含怨恨、刻毒、傲慢、鄙薄种种成分。编辑人生地理教科书的学者只怕没有想到吧，苏州城里的河道养成了船家相骂的本领。

他们的摇船技术是在城里的河道训练成功的，所以长处在于能小心谨慎，船与船擦身而过，彼此绝不碰撞。到了城外去，遇到逆风固然也会拉纤，遇到顺风固然也会张一扇小巧的布篷，可是比起别种船上的驾驶人来，那就不成话了。他们敢于拉纤或者张篷的时候，风一定不很大，如果真个遇到大风，他们就小心谨慎地回复你，今天去不成。譬如我去上坟必须经过石湖，虽然吴瞿安先生曾作诗说石湖"天风浪浪"什么什么以及"群山为我皆低昂"，实在是个并不怎么阔大的湖面，旁边只有一座很小的上方山，每年阴历八月十八，许多女巫都要上山去烧香的。船家一听说要过石湖就抬起头来看天，看有没有起风的意思。到进了石湖的时候，脸色不免紧张起来，说笑都停止了。听得船头略微有汩汩的声音，就轻轻地互相警戒："浪头！浪头！"有一年我家去上坟，风在十点过后大起来，船家不好说回转去，就坚持着不过石湖。这一回难为了我们的腿，来回跑了二十里光景才上成了坟。

现在来说绍兴人的"当当船"。那种船上备着一面小铜锣，开船的时候就当当当当敲起来，算是信号，中途经过市镇，又当当当当敲起来，招呼乘客，因此得了这奇怪的名称。我小时候，苏州地方没有那种船。什么时候开头有的，我也说不上来。直到我到甪直去当教师，才与那种船有了缘。船停泊在城外，据传闻，是与原有的航船有过一番斗争的。航船见它来抢生意，不免设法阻止。但是"当当船"的船夫只知道硬干，你要阻止他们，他们就与你打。大概交过了几回手吧，航船夫知道自己不是那些绍兴人的敌手，也就只好用鄙夷的眼光看他们在水面上来去自由了。中间有没有立案呀登记呀这些手续，我可不清楚，总之那些绍兴人用腕力开辟了航线是事实。我们有一句话，"麻雀豆腐绍兴人"，意思是说有麻雀豆腐的地方也就有绍兴人，绍兴人与麻雀豆腐一样普遍于各地。试把"当当船"与航船比较，就可以证明绍兴人是生存斗争里的好角色，他们与麻雀豆腐一样普遍于各地，自有所以然的原因。这看了后文就知道，且让我把"当当船"的体制叙述一番。

"当当船"属于"乌篷船"的系统，方头，翘尾巴，穹形篷，横里只够两个人并排坐，所以船身特别见得长。船旁涂着绿釉，底部却涂红釉，轻载的时候，一道红色露出水面，与绿色作强烈的对照。篷纯黑色。舵或红或绿，不用，就倒插在船艄，上面歪歪斜斜标明所经乡镇的名称，大多用白色。全船的材料很粗陋，制作也将就，只要河水不至于灌进船里就成，横一条木条，竖一块木板，像破衣服上的补缀一样，那是不在乎的。我们上旁的船，总是从船头走进舱里去。上"当当船"可不然，我们常常踩着船边，从推开的两截穹形篷中间把身子挨进舱里去，这样见得爽快。大家既然不欢喜钻舱门，船夫有人家托运的货品就堆在那里，索性把舱门堵塞了。可是踩船边很要当心。西湖划子的活动不稳定，到过杭州的人一定有数，"当当船"比西湖划子大不了多少，它的活动不稳定也与西湖划子不相上下。你得迎着势，让重心落在踩着船边的那只脚上，然后另一只脚轻轻伸下去，点着舱里铺着的平板。进了舱你就得坐下来。两旁靠船边搁着又狭又薄的长板就是座位，这高出铺着的平板不过一尺光景，所以你坐下来就得耸起你的两个膝盖，如果对面也有人，那就实做"促膝"了。背心可以靠在船篷上，躯干最好不要挺直，挺直了头触着篷顶，你不免要起局促之感。先到的人大多坐在推开的两截穹形篷的空当里，这里虽然是出入要道，时时有偏过身子让人家的麻烦，却是个优越的位置，透气，看得见沿途的景物，又可以轮流把两臂搁在船边，舒散舒散久坐的困倦。然而遇到风雨或者极冷的天气，船篷必须拉拢来，那位置也就无所谓优越，大家一律平等，埋没在含有恶浊气味的阴暗里。

"当当船"的船夫差不多没有四十以上的人，身体都强健，不懂得爱惜力气，一开船就拼命划。五个人分两边站在高高翘起的船艄上，每人管一把橹，一手当橹柄，一手当橹绳。那橹很长，比旁的船上的橹来得轻薄。当推出橹柄去的时候，他们的上身也冲了出去，似乎要跌到河里去的模样。接着把橹柄挽回来，他们的身子就往后顿，仿佛要坐下来似的。五把橹在水里这样强力地划动，船身就飞快地前进了。有时在船头加一把桨，一个人背心向前坐着，把它扳动，那自然又增加了速率。只听得河水活活地向后流去，奏着轻快的调子。船夫一壁划船，一壁随口唱绍兴戏，或者互相说笑，有猥亵的性谈，有绍兴风味的幽默谐语，因此，他们就忘记了疲劳，而旅客也得到了解闷的好资料。他们又喜欢与旁的船竞赛，看见前面有一条什么船，船家摇船似乎很努力，他们中间一个人发出号令说"追过它"，其余几个人立即同意，推呀挽呀分外用力，身子一会儿冲出去，一会儿倒仰过来，好像忽然发了狂。不多时果然把前面的船追过了，他们才哈哈大笑，庆贺自己的胜利，同时回复到原先的速率。由于他们划得快，比较性急的人都欢喜坐他们的船，譬如从苏州到甪直是"四九路"（三十六里），同样地划，航船要六个钟头，"当当船"只要四个钟头，早两个钟头上岸，即使不想赶做什么事，身体究竟少受些拘束，何况船价同样是一百四十文，十四个铜板。（这是十五年前的价钱，现在总该增加了。）

风顺，"当当船"当然也张风篷。风篷是破衣服、旧挽联、干面袋等等材料拼凑起来的，形式大多近乎正方。因为船身不大，就见得篷幅特别大，有点儿不相称。篷杆竖在船头舱门的地位，是一根并不怎么粗的竹头，风越大，篷杆越弯，把袋满了风的风篷挑出在船的一边。这当儿，船的前进自然更快，听着哗哗的水声，仿佛坐了摩托船。但是胆子小点儿的人就不免惊慌，因为船的两边不平，低的一边几乎齐水面，波浪大，时时有水花从舱篷的缝里泼进来。如果坐在低的一边，身体被动地向后靠着，谁也会想到船一翻自己就最先落水。坐在高的一边更得费力气，要把两条腿伸直，两只脚踩紧在平板上，才不至于脱离座位，跌扑到对面的人的身上去。有时候风从横里来，他们也张风篷，一会儿篷在左边，一会儿调到右边，让船在河面上尽画曲线。于是船的两边轮流地一高一低，旅客就好比在那里坐幼稚园里的跷跷板，"这生活可难受"，有些人这样暗自叫苦。然而"当当船"很少失事，风势真个不对，那些船夫还有硬干的办法。有一回我到角直去，风很大，饱满的风篷几乎蘸着水面，虽然天气不好，因为船行非常快，旅客都觉得高兴，后来进了吴淞江，那里江面很阔，船沿着"上风头"的一边前进。忽然呼呼地吹来更猛烈的几阵风，风篷着了湿重又离开水面。旅客连"哎哟"都喊不出来，只把两只手紧紧地支撑着舱篷或者坐身的木板。扑通，扑通，三四个船夫跳到水里去了。他们一齐扳住船的高起的一边，待留在船上的船夫把风篷落下来，他们才水淋淋地爬上船艄，湿了的衣服也不脱，拿起橹来就拼命地划。

说到航船，凡是摇船的跟坐船的差不多都有一种哲学，就是"反正总是一个到"主义。反正总是一个到，要紧做什么？到了也没有烧到眉毛上来的事，慢点儿也呒啥。所以，船夫大多衔着一根一尺多长的烟管，闭上眼睛，偶尔想到才吸一口，一管吸完了，慢吞吞捻了烟丝装上去，再吸第二管。正同"当当船"相反，他们中间很少四十以下的人。烟吸畅了，才起来理一理篷索，泡一壶公众的茶。可不要当作就要开船了，他们还得坐下来谈闲天。直到专门给人家送信带东西的"担子"回了船，那才有点儿希望。好在坐船的客人也不要不紧，隔十多分钟二三十分钟来一个两个，下了船重又上岸，买点心哩，吃一开茶哩，又是十分或一刻。有些人买了烧酒豆腐干花生米来，预备一路独酌。有些人并没有买什么，可是带了一张源源不绝的嘴，还没有坐定就乱攀谈，挑选相当的对手。在他们，迟些儿到实在不算一回事，就是不到又何妨。坐惯了轮船火车的人去坐航船，先得做一番养性的功夫，不然，这种阴阳怪气的旅行，至少会有三天的闷闷不乐。

航船比"当当船"大得多，船身开阔，舱作方形，木制，不像"当当船"那样只用芦席。艄篷也宽大，雨落太阳晒，船夫都得到遮掩。头舱、中舱是旅客的区域。头舱要盘膝而坐。中舱横搁着一条条长板，坐在板上，小腿可以垂直。但是中舱有的时候要装货，豆饼菜油之类装满在长板下面，旅客也只得搁起了腿坐了。窗是一块块的板，要开就得卸去，不卸就得关上。通常两旁各开一扇，所以坐在舱里那种气味未免有点儿难受。坐得无聊，如果回转头去看艄篷里那几个老头子摇船，就会觉得自己的无聊才真是无聊。他们一推一挽距离很小，仿佛全然不用力气，两只眼睛茫然望着岸边，这样地过了不知多少年月，把踏脚的板都踏出脚印来了，可是他们似乎没有什么无聊，每天还是走那老路，连一棵草一块石头都熟识了的路。两相比较，坐一趟船慢一点儿闷一点儿又算得什么。坐航船要快，只有巴望顺风。篷杆竖在头舱与中舱之间，一根又粗又长的木头。风篷极大，直拉到杆顶，有许多竹头横撑着，吃了风，巍然地推进，很有点儿气派。风最大的日子，苏州到角直三点半钟就吹到了。但是旅客究竟是"反正总是一个到"主义者，虽然嘴里嚷着"今天难得"，另一方面却似乎嫌风太大船太快了，跨上岸去，脸上不免带点儿怅然的神色。遇到顶头逆风航船就停班，不像"当当船"那样无论如何总得用人力去拼。客人走到码头上，看见孤零零的一条船停在那里，半个人影儿也没有，知道是停班，就若无其事地回转身。风总有停的日子，那么航船总有开的日子。忙于寄信的我可不能这样安静，每逢校工把发出的信退回来，说今天航船不开，就得担受整天的不舒服。

将　离

　　跨下电车，便是一阵细且柔的密雨。旋转的风把雨吹着，尽向我身上卷上来。电灯光特别昏暗，火车站的黑影兀立在深灰色的空中。那边一行街树，枝条像头发似的飘散舞动，萧萧作响。我突然想起：难道特地要叫我难堪，故意先期做起秋容来么！便觉得全身陷在凄怆之中，刚才喝下去的一斤酒在胃里也不大安分起来了。

　　这是我的揣想：天日晴朗的离别胜于风凄雨惨的离别，朝晨午昼的离别胜于傍晚黄昏的离别。虽然一回离别不能二者并试以作比较，虽然这一回的离别还没有来到，我总相信我的揣想是大致不谬的。然而到福州去的轮船照例是十二点光景开的，黄昏的离别是注定的了。像这样入秋渐深，像这样时候吹一阵风洒一阵雨，又安知六天之后的那一夜，不更是风凄雨惨的离别呢？

一点东西也不要动：散乱的书册，零星的原稿纸，积着墨汁的水盂，歪斜地摆着的砚台……一切保持原来的位置。一点变更也不让有：早上六点起身，吃了早饭，写了一些字，准时到办事的地方去，到晚回家，随便谈话，与小孩胡闹……一切都是平淡的生活。全然没有离别的气氛，还有什么东西会迫紧来？好像没有快要到来的这回事了。

记得上年平伯去国，我们一同在一家旅馆里，明知不到一小时，离别的利刃就要把我们分割开来了。于是一启口一举手都觉得有无形的线把我牵着，又似乎把我浑身捆紧；胸口也闷闷的不大好受。我竭力想摆脱，故意做出没有什么的样子，靠在椅背上，举起杯子喝口茶，又东一句西一句地谈着。然而没有用，只觉得十分勉强，只觉得被牵被捆被压得越紧罢了。我于是想：离别的气氛既已凝集，再也别想冲决它，它是非把我们拆开来不可的。

现在我只是不让这气氛凝集，希望免受被牵被捆被压的种种纠缠。我又这么痴想，到离去的一刻，最好恰正在沉酣的睡眠里，既能冥想，自无所想。虽然觉醒之后，已经是大海孤轮中的独客，不免引起深深的惘怅；但是最难堪的一关已经闯过，情形便自不同了。

然而这气氛终于会凝集拢来。走进家里，看见才洗而缝好的被袄，衫裤长袍之类也一叠叠地堆在桌子上。这不用问，是我旅程中的同伴了。"偏要这么多事，事已定了，为什么不早点儿收拾好！"我略微烦躁地想。但是必须带走既属事实，随时预备尤见从容，我何忍说出责备的话呢——实在也不该责备，只该感激。

然而我触着这气氛了，而且嗅着它的味道了，与上年在旅馆里感到的正是同一的种类，不过还没有这样浓密而已。我知道它将更渐渐地浓密，犹如西湖上晚来的烟雾；直到最后，它具有一种强大的力量，便会把我一挤；我于是不自主地离开这里了。

我依然谈话，写字，吃东西，躺在藤椅上；但是都有点儿异样，有点儿不自然。

夜来有梦，梦在车站月台旁。霎时火车已到，我急忙把行李提上去，身子也就登上，火车便疾驰而去了。似乎还有些东西遗留在月台那边，正在检点，就想到遗留的并不是东西，是几个人。很奇怪，我竟不曾向他们说一声"别了"，竟不曾伸出手来给他们；不仅如此，登上火车的时候简直把他们忘了。于是深深地悔恨，怎么能不说一声，握一握手呢！假若说了，握了，究竟是个完满的离别，多少是好。"让我回头去补了吧！让我回头去补了吧！"但是火车不睬我，它喘着气只是向前奔。

这梦里的登程，全忘了月台上的几个人，与我痴心盼望的酣睡时离去，情形正相仿佛。现在梦里的经验告诉我，这只有勾引些悔恨，并不见得比较好些。那么，我又何必作这种痴想呢？然而清醒地说一声握一握的离别，究竟何尝是好受的！

"信要写得勤，要写得详；虽然一班轮船动辄要隔三五天，而厚厚的一叠信笺从封套里抽出来，总是独客的欣悦与安慰。"

"未必能够写得怎样勤怎样详吧。久已不干这勾当了；大的小的粗的细的种种事情箭一般地射到身上来，逐一对付已经够受了，知道还有多少坐定下来执笔的工夫与精神！"

离别的滋味假若是酸的，这里又搀入一些苦辛的味道了。

1923 年 9 月 12 日

读书
写作

要抵挡得风雨，经历得霜雪，这才可喜。

读　书

听说读书，就引起反感。何以至此，却也有故。文人学士之流，心营他务，日不暇给，偏要搭起架子，感喟地说："忙乱到这个地步，连读书的工夫都没有了。"或者表示得恬退些，只说最低限度的愿望："别的都不想，只巴望能安安逸逸读点儿书。"这显见得他是天生的读书种子，做点儿其实不相干的事就似乎冤了他，若说利用厚生的笨重工作，那是在娘胎里就没有梦见过，这般荒唐的骄傲意态，只有回答他一个不理睬了事。衣锦的人必须昼行，为的是有人艳羡，有人称赞，衬托出他衣锦的了不起。现在回答他一个不理睬，无非让他衣锦夜行的意思。有朝一日，他真个有了读书的工夫了，能安安逸逸读点儿书了，或者像陶渊明那样"不求甚解"，或者把一句古书疏解了三四万言，那也只是他个人的事，与别人毫不相干。

还有政客、学者、教育家等人的"读书救国"之说。有的说得很巧妙，用"不忘""即是"等字眼的绳子，把"读书"和"救国"穿起来，使它颠来倒去都成一句话。若问读什么书，他们却从来不曾开过书目。因此人家也无从知道究竟是半部《论语》，还是一卷《太公兵法》，还是最新的航空术。虽然这么说，他们欲开而未开的书目也容易猜。他们要的是干练的帮手，自然会开足以养成这等帮手的书；他们要的是驯良的顺民，自然会开足以训练这等顺民的书。至于救国，他们虽然毫不愧怍地说"已有整个计划"，"不乏具体方案"，实际却最是荒疏。救国这一目标也许真能从读书的道路达到，世间也许真有足以救国的书，然而他们未必能，能也未必肯举出那些书名来。于是，不预备做帮手和顺民的人听了照例的"读书救国"之说，安得不"只当秋风过耳边"？

还有小孩进学校，普通都称为读书。父母说："你今年六岁了，送你到学校里去读书吧。"教师说："你们到学校里来，要好好儿读书。"嘴里说着读书，实际做的也只是读书。国语科本来还有训练思想和语言的目标，但究竟是工具科目，现在光是捧着一本书来读，姑且不说它。而自然科、社会科的功课也只是捧着一本书来读，这算什么呢？一只猫，一个苍蝇，一处古迹，一所公安局，都是实际的东西，可以直接接触的。为什么不让小孩直接接触，却把这些东西写在书上，使他们只接触一些文字呢？这样地利用文字，文字就成为闭塞智慧的阻障。然而颇有一些教师在那里说："如果不用书，这些科目怎么能教呢？"而切望子女的父母也说："进学校就为读这几本书！"他们完全忘了文字只是一种工具，竟承认读书是最后的目的了。真要大声呼喊"救救孩子"！

读书当然是甚胜的事，但是必须把上面说起的那几种读书除外。

书　桌

十多年前寄居乡下的时候，曾经托一个老木匠做一张书桌。我并不认识这个老木匠，向当地人打听，大家一致推荐他，我就找他。

对于木材，我没有成见，式样也随便，我只要有一张可以靠着写写字的桌子罢了。他代我作主张，用梧桐，因为他那里有一段梧桐，已经藏了好几年，干了。他又代我规定桌子的式样。两旁边的抽屉要多少高，要不然装不下比较累赘的东西。右边只须做一只抽屉，抽屉下面该是一个柜子，安置些重要的东西，既见得稳当，取携又方便。左右两边里侧的板距离要宽些，要不然，两个膝盖时时触着两边的板，就感觉局促，不舒服。我样样依从了他，当时言明工料价六块钱。

过了一个星期，过了半个月，过了二十多天，不见他把新书桌送来。我再不能等待了，特地跑去问他。他指着靠在阴暗的屋角里的一排木板，说这些就是我那新书桌的材料。我不免疑怪，二十多天工夫，只把一段木头解了开来！

他看出我的疑怪，就用教师般的神情给我开导。说整段木头虽然干了，解了开来，里面还未免有点儿潮。如果马上拿来做家伙，不久就会出毛病，或是裂一道缝，或是接榫处松了。人家说起来，这是某某做的"生活"，这么脆弱不经用。他向来不做这种"生活"，也向来没有受过这种指摘。现在这些木板，要等它干透了，才好动手做书桌。

他恐怕我不相信，又举出当地的一些人家来，某家新造花厅，添置桌椅，某家小姐出阁准备嫁妆，木料解了开来，都搁在那里等待半年八个月再上手呢。"先生，你要是有工夫，不妨到他们家里去看看，我做的家伙是不容它出毛病的。"他说到"我做的家伙"，黄浊的眼睛放射出夸耀的光芒，宛如文人朗诵他的得意作品时候的模样。

我知道催他快做是无效的，好在我并不着急，也就没说什么催促的话。又过了一个月，我走过他门前，顺便进去看看。一张新书桌站在墙边了，近乎乳白色的板面显出几条年轮的痕迹。老木匠正弯着腰，几个手指头抵着一张"沙皮"，在摩擦那安抽屉的长方孔的边缘。

我说再过一个星期，大概可以交货了吧。他望望屋外的天，又看看屋内高低不平的泥地，摇头说："不行。这样干燥的天气，怎么能上漆呢？要待转了东南风，天气潮湿了，上漆才容易干，才可以透入木头的骨子里去，不会脱落。"

此后下了五六天的雨。乡下的屋子，室内铺着方砖，每一块都渗出水来，像劳工背上淌着汗。无论什么东西，手触上去总觉得黏黏的。穿在身上的衣服也散发出霉蒸气。我想，我的新书桌该在上漆了吧。

又过了十多天，老木匠带同他的徒弟把新书桌抬来了。栗壳色，油油的发着光亮，一些陈旧的家具跟它一比更见得黯淡失色了。老木匠问明了我，就跟徒弟把书桌安放在我指定的地位，只恐徒弟不当心，让桌子跟什么东西碰撞，因而擦掉一点儿漆或是划上一道纹路，他连声发出"小心呀""小心呀"的警告。直到安放停当了，他才松爽地透透气，站远一点儿，用一只手摸着长着灰色短须的下巴，悠然地鉴赏他的新作品。我交给他六块钱，他随便看了一眼就握在手心里，眼光重又回到他的新作品。最后说："先生，你用用看，用了些时，你自然会相信我做的家伙是可以传子孙的。"他说到"我做的家伙",夸耀的光芒又从他那黄浊的眼睛放射出来了。

以后十年间,这张书桌一直跟着我迁徙。搬运夫粗疏的动作使书桌添上不少纹路。但是身子依旧很结实,接榫处没有一点儿动摇。直到"一·二八"战役,才给毁坏了。大概是日本军人刺刀的功绩。以为锁着的柜子里藏着什么不利于他们的东西,前面一刀,右侧一刀,把两块板都划破了。左边只有三只抽屉,都没有锁,原可以抽出来看看的,大概因为军情紧急吧,没有一只一只抽出来看的余裕,就把左侧的板也划破了,而且拆了下来,丢在一旁。

事后我去收拾残余的东西。看看这张相守十年的书桌,虽然像被残害的尸体一样,肚肠心肺都露出来了,可是还舍不得就此丢掉。于是请一个木匠来,托他修理。木匠说不用抬回去,下一天带了材料和家伙来修理就是了。

第二天下午,我放工回家,木匠已经来过,书桌已经修理好了。真是看了不由得生气的修理!三块木板刨也没刨平。边缘并不嵌入木框的槽里,只用几个一寸钉把木板钉在木框的外面。涂的是窑煤似的黑漆,深一搭,淡一搭,仿佛还没有刷完工的黑墙头。工料价已经领去,大洋一块半。

我开始厌恶这张书桌了。想起制造这张书桌的老木匠,他那种一丝不苟的态度，简直使缺少耐性的人受不住，然而他做成的家伙却是无可批评的。同样是木匠，现在这一个跟老木匠比起来，相差太远了。我托他修理，他就仅仅按照题目做文章，还我一个修理。木板破了，他给我钉上不破的。原来涂漆的，他也给我涂上些漆。这不是修理了吗？然而这张书桌不成一件家伙了。

同样的事在上海时时会碰到。从北京路那些木器店里买家具，往往在送到家里的时候就擦去了几处漆，划上了几条纹路。送货人有他的哲学。你买一张桌子，四把椅子，总之给你送一张桌子，四把椅子，决不短少一件。擦去一点儿漆，划上几条纹路，算得什么呢！这种家具使用不久，又往往榫头脱出了，抽屉关不上了，叫你看着不舒服。你如果去向店家说话，店家又有他的哲学给你作答。这些家具在出门的时候都是好好的，总之我们没有把破烂的东西卖给你。至于出门以后的事，谁管得了！这可以叫作"出门不认货"主义。

又譬如冬季到了，你请一个洋铁匠来给你装火炉。火炉不能没有通气管子，通气管子不能没有支持的东西，他就横一根竖一根地引出铅丝去，钉在他认为着力的地方。达，达，达，一个钉子钉在窗框下。达，达，达，一个钉子钉在天花板上。达，达，达，一个钉子钉在墙壁上。可巧碰着了砖头，钉不进去，就换个地方再钉。然而一片粉刷已经掉了下来，墙壁上有了伤疤了。也许钉了几回都不成功，他就凿去砖头，嵌进去一块木头。这一回当然钉牢了，然而墙壁上的伤疤更难看了。等到他完工，你抬起头来看，横七竖八的铅丝好似被摧残的蜘蛛网，曲曲弯弯伸出去的洋铁管好似一条呆笨的大蛇，墙壁上散布着伤疤，好像谁在屋子里乱放过一阵手枪。即使火炉的温暖能给你十二分舒适，看着这些，那舒适不免要打折扣了。但是你不能怪洋铁匠，他所做的并没有违反他的哲学。你不是托他装火炉吗？他依你的话把火炉装好了，还有什么好说呢？

　　倘若说乡下那个老木匠有道德，所以对于工作不肯马虎，上海的工匠没有道德，所以只图拆烂污，出门不认货，不肯为使用器物的人着想，这未免是拘墟之见。我想那个老木匠，当他幼年当徒弟的时候，大概已经从师父那里受到熏陶，养成了那种一丝不苟的态度了吧。而师父的师父也是这么一丝不苟的，从他的徒孙可以看到他的一点儿影像。他们所以这样，为的是当地只有这么些人家做他们永远的主顾，这些人家都是相信每一件家伙预备传子孙的，自然不能够潦潦草草对付过去。乡下地方又很少受时间的催迫。女儿还没订婚，嫁妆里的木器却已经在置办了。定做了一件家具，今天拿来使用跟下一个月拿来使用，似乎没有什么分别，甚至延到明年拿来使用也不见得怎样不方便。这又使他们尽可以耐着性儿等待木料的干燥和天气的潮湿。更因主顾有限，手头的工作从来不会拥挤到忙不过来，他们这样从从容容，细磨细琢，一半自然是做"生活"，一半也就是消闲寄兴的玩意儿。在这样情形之下做成的东西，固然无非靠此换饭吃，但是同时是自己精心结撰的制作，不能不对它发生珍惜爱护的心情。总而言之，是乡下的一切生活方式形成了老木匠的那种态度。

都市地方可不同了。都市地方的人口是流动的，同一手艺的作场到处都有，虽不能说没有老主顾，像乡下那样世世代代请教某一家作场的老主顾却是很少的。一个工匠制造了一件家具，这件家具将归什么人使用，他无从知道。一个主顾跑来，买了一两件东西回去，或是招呼到他家里去为他做些工作，这个主顾会不会再来第二回，在工匠也无从预料。既然这样，工作潦草一点儿又何妨？而且，都市地方多的是不嫌工作潦草的人。每一件东西预备传子孙的观念，都市中人早已没有了（他们懂得一个顶扼要的办法，就是把钱传给子孙，传了钱等于什么都传下去了）。代替这个观念的是想要什么立刻有什么。住亭子间的人家新搬家，看看缺少一张半桌，跑出去一趟，一张半桌载在黄包车上带回来了，觉得很满意。住前楼的文人晚上写稿子，感到冬天的寒气有点儿受不住，立刻请个洋铁匠来，给装上个火炉。生起火炉来写稿子，似乎文思旺盛得多。富翁见人家都添置了摩登家具，看看自己家里，还一件也没有，相形之下不免寒碜，一个电话打出去，一套摩登家具送来了。陈设停当之后，非常高兴，马上打电话招一些朋友来叙叙。年轻的小姐被邀请去当女傧相了，非有一身"剪刀口里"的新装不可，跑到服装公司里，一阵的挑选和叮嘱，质料要时髦，缝制要迅速，临到当女傧相的时刻，心里又骄傲又欢喜，仿佛满堂宾客的眼光一致放弃了新娘而集中在她一个人身上似的。当然"想要什么"而不能"立刻有什么"的人居大多数，为的是钱不凑手。现在单说那些想要什么立刻有什么的，他们的满足似乎只在"立刻有什么"上，要来的东西是否坚固结实，能够用得比较长久，他们是不问的。总之，他们都是不嫌工作潦草的人。主顾的心理如此，工匠又何苦一定要一丝不苟？都市地方有一些大厂家，设着验工的部分，检查所有的出品，把不合格的剔出来，不让它跟标准出品混在一起，因而他们的出品为要求形质并重的人所喜爱。但是这种办法是厂主为要维持他那"牌子"的信用而想出来的，在工人却是一种麻烦，如果手制的货品被认为不合格，就有罚工钱甚至停工的灾难。现在工厂里的工人再也不会把手制的货品看作艺术品了。

他们只知道货品是玩弄他们生命的怪物，必须服事了它才有饭吃，可是无论如何吃不饱。——工人的这种态度和观念，也是都市地方的一切生活方式形成的。

近年来乡下地方正在急剧地转变，那个老木匠的徒弟大概要跟他的师父以及师父的师父分道扬镳了。

1937年

《西谛书话》序

　　能见到振铎的遗作重新编集出版，在我自然是非常高兴的事，他遇难已经二十三年了，其间又经过势将毁灭文化的"十年浩劫"。可是让我给《西谛书话》作序，其实并不适宜。对于旧书，我的知识实在太贫乏了。没法把这部集子向读者作个简要的介绍，而一篇合格的序文至少得做到这一点才成。在老朋友中间，最后一位适宜作这篇序文的是调孚，可惜他在一个月前也谢世了！

　　振铎喜欢旧书，几乎成了癖好，用他习惯的话来说，"喜欢得弗得了"。二十年代中期，好些朋友都在上海商务印书馆工作。振铎那时刚领会喝绍兴酒的滋味，"喜欢得弗得了"，下班之后常常拉朋友去四马路的酒店喝酒，被拉的总少不了伯祥和我。四马路中段是旧书铺集中的地方，振铎经过书铺门口，两条腿就不由自主地踅了进去。伯祥倒无所谓，也跟进去翻翻。我对旧书不感兴趣，心里就有些不高兴：硬拉我来喝酒，却把我撇在书铺门前。可是看他兴冲冲地捧着旧书出来，连声说又找到了什么抄本什么刻本，"非常之好"，"好得弗得了"，我受他那"弗得了"的高兴的感染，也就跟着他高兴起来。

喜欢逛旧书铺的朋友有好几位，他们搜求的目标并不相同。伯祥不太讲究版本，他找的是对研究文史有实用价值的书。振铎讲究版本，好像跟一般藏书家又不尽相同。他注重书版的款式和字体，尤其注重图版——藏书家注重图版的较少，振铎是其中突出的一位。就书的类别而言，他的搜集注重戏曲和小说，凡是罕见的，不管印本抄本，残的破的，他都当作宝贝。宝贝当然是可遇而不可求的，往往在书铺里翻了一遍，结果一无所得。他稍稍有些生气，喃喃地说："可恶之极，一本书也没有！"满架满柜的书，在他看来都不成其为书。经朋友们说穿，他并不辩解，只是不好意思地一笑而已。他的性格总是像孩子那样直率，像孩子那样天真。

我跟振铎相识之后，在一块儿的日子多，较长的分别只有两回。一回是大革命之后，为了避开蒋介石屠杀革命人民的凶焰，他去欧洲旅行。这部集子里有他在巴黎的几段日记，可以见到他怎样孜孜不倦地搜寻流落在海外的古籍。一回是抗日战争时期，我去四川，他留在上海，多年间书信来往极少，只听说他生活很困苦，还是在大批收买旧书。胜利后回到上海，我跟他又得常常见面，可是在那大变动的年月里，许多事情够大家忙的，哪还有剪烛西窗的闲情逸致。现在看了这部集子里的《求书日录》，才知道他为抢救文化遗产，阻止珍本外流，简直拼上了性命。当时在内地的许多朋友都为他的安全担心，甚至责怪他舍不得离开上海，哪知他在这个艰难的时期，站到自己认为应该站的岗位上，正在做这样一桩默默无闻而意义极其重大的工作。

1981年6月9日

做了父亲

　　假若至今还没有儿女，是不是要与有些人一样，感到是人生的缺憾，心头总有这么一个失望牵萦着呢？

　　我与妻都说不至于吧。一些人没有儿女感到缺憾，因为他们认为儿女是他们份所应得的，应得而不得，当然要失望。也许有人说没有儿女就是没有给社会尽力，对于种族的绵延没有尽责任，那是颇为冠冕堂皇的话，是随后找来给自己解释的理由，查问到根柢，还是个得不到应得的不满足之感而已。我们以为人生的权利固有多端，而儿女似乎不在多端之内，所以说不至于。

　　但是儿女早已出生了，这个设想无从证实。在有了儿女的今日，设想没有儿女，自然觉得可以不感缺憾；倘若今日真个还没有儿女，也许会感到非常寂寞，非常惆怅吧。这是说不定的。

教育是专家的事业，这句话近来几乎成了口号，但是这意义仿佛向来被承认的。然而一为父母就得兼充专家也是事实。非专家的专家担起教育的责任来，大概走两条路：一是尽许多不必要的心，结果是"非徒无益，而又害之"；一是给了个"无所有"，本应在儿女的生活中给充实些什么，可是并没有把该给充实的付与儿女。

自家反省，非意识地走的是后一条路。虽然也像一般父亲一样，被一家人用作镇压孩子的偶像，在没法对付时，就"爹爹，你看某某！"这样喊出来；有时被引动了感情，骂一顿甚至打一顿的事也有；但是收场往往像两个孩子争闹似的，说着"你不那样，我也就不这样"的话，其意若曰彼此再别说这些，重复和好了吧。这中间积极的教训之类是没有的。

不自命为"名父"的，大多走与我同样的路。

自家就没有什么把握，一切都在学习试验之中，怎么能给后一代人预先把立身处世的道理规定好了教给他们呢？

学校，我想也不是与儿女有什么了不起的关系的。学习一些符号，懂得一些常识，结交若干朋友，度过若干岁月，如是而已。

以前曾经担过忧虑，因为自家是小学教员出身，知道小学的情形比较清楚，以为像个模样的小学太少了，儿女达到入学年龄的时候将无处可送。现在儿女三个都进了学校，学校也不见特别好，但是我毫不存勉强迁就的意思。

一定要有理想的小学才把儿女送去，这无异看儿女作特别珍贵特别柔弱的花草，所以要保藏在装着暖气管的玻璃花房里。特别珍贵么，除了有些国家的华胄贵族，谁也不肯对儿女作这样的夸大口吻。特别柔弱么，那又是心所不甘，要抵挡得风雨，经历得霜雪，这才可喜。——我现在作这样想，自笑以前的忧虑殊属无谓。

何况世间为生活所限制，连小学都不得进的多得很，他们一样要挺直身躯立定脚跟做人。学校好坏于人究竟有何等程度的关系呢？——这样想时，以前的忧虑尤见得我的浅陋了。

我这方面既然给了个"无所有"，学校方面又没有什么了不起的关系，这就拦到了角落里，儿女的生长只有在环境的限制之内，凭他们自己的心思能力去应付一切。这里所谓环境，包括他们所有遭值的事和人物，一饮一啄，一猫一狗，父母教师，街市田野，都在里头。

做父亲的真欲帮助儿女仅有一途，就是诱导他们，让他们锻炼这种心思能力。若去请教专门的教育者，当然，他将说出许多微妙的理论，但是要义大致也不外乎此。

可是，怎样诱导呢？我就茫然了。虽然知道应该往哪一方向走，但是没有往前走的实力，只得站在这里，搓着空空的一双手，与不曾知道方向的并无两样。我很明白，对儿女最抱歉的就是这一点，将来送不送他们进大学倒没有多大关系。因为适宜的诱导是在他们生命的机械里加添燃料，而送进大学仅是给他们文凭、地位，以便剥削他人而已。（有人说起振兴大学教育可以救国，不知如何，我总不甚相信，却往往想到这样不体面的结论上去。）

他们应付环境不得其当甚至应付不了的时候，一定会怅然自失，心里想，如果父亲早给点儿帮助，或者不至于这样无所措吧。这种归咎，我不想躲避，也没法躲避。

对于儿女也有我的希望。

一句话而已，希望他们胜似我。

所谓人间所谓社会虽然很广漠，总直觉地希望它有进步。而人是构成人间社会的。如果后代无异前代，那就是站在老地方没有前进，徒然送去了一代的时光，已属不妙。

或者更甚一点，竟然"一代不如一代"，试问人间社会经得起几回这样的七折八扣呢！凭这么想，我希望儿女必须胜似我。

爬上西湖葛岭那样的山就会气喘，提十斤左右重的东西走一两里路胳膊就会酸好几天，我这种身体是完全不行的。我希望他们有强壮的身体。

人家问一句话一时会答不上来，事务当前会十分茫然，不知怎样处置或判断，我这种心灵是完全不行的。我希望他们有明澈的心灵。

说到职业，现在干的是笔墨的事，要说那干系之大，当然可以戴上文化或教育的高帽子，于是仿佛觉得并非无聊，但是能够像工人农人一样，拿出一件供人家切实应用的东西来么？没有！自家却使用了人家生产的切实应用的东西，岂非也成了可羞的剥削阶级？文化或教育的高帽子只能掩饰丑脸，聊自解嘲而已，别无意义。这样想时，更菲薄自己，达于极点。我希望他们与我不一样：至少要能够站在人前宣告道，"凭我们的劳力，产生了切实应用的东西，这里就是！"其时手里拿的是布匹米麦之类；即使他们中间有一个成为玄学家，也希望他同时铸成一些齿轮或螺丝钉。

1930年11月

文艺作品的鉴赏

一、要认真阅读

文艺鉴赏并不是一桩特别了不起的事，不是只属于读书人或者文学家的事。我们苏州地方流行着一首儿歌：

> 咿呀咿呀踏水车。水车沟里一条蛇，游来游去捉虾蟆。虾蟆躲（原音作"伴"，意义和"躲"相当，可是写不出这个字来）在青草里。青草开花结牡丹。牡丹娘子要嫁人，石榴姊姊做媒人。桃花园里铺"行家"（嫁妆），梅花园里结成亲。……

儿童唱着这首歌，仿佛看见春天田野的景物，一切都活泼而有生趣：水车转动了，蛇游来游去了，青草开花了，牡丹花做新娘子了……因而自己也觉得活泼而有生趣，蹦蹦跳跳，宛如郊野中一只快乐的小绵羊。这就是文艺鉴赏的初步。

另外有一首民歌，流行的区域大概很广，在一百年前已经有人记录在笔记中间了，产生的时间当然更早。

月儿弯弯照九州，几家欢乐几家愁？
几家夫妇同罗帐？几个飘零在外头？

唱着这首歌，即使并无离别之感的人，也会感到在同样的月光之下，人心的欢乐和哀愁全不一致。如果是独居家中的妇人，孤栖在外的男子，感动当然更深。回想同居的欢乐，更见离别的难堪，虽然头顶上不一定有弯弯的月儿，总不免簌簌地掉下泪来。这些人的感动，也可以说是从文艺鉴赏而来的。

可见文艺鉴赏是谁都有份的。但是要知道，文艺鉴赏不只是这么一回事。

文艺中间讲到一些事物，我们因这些事物而感动，感动以外，不再有别的什么。这样，我们不过处于被动的地位而已。我们应该处于主动的地位，对文艺要研究，考察。

它为什么能够感动我们呢？同样讲到这些事物，如果说法变更一下，是不是也能够感动我们呢？这等问题就涉及艺术的范围了。而文艺鉴赏正应该涉及艺术的范围。

在电影场中，往往有一些人为着电影中生离死别的场面而流泪。但是另外一些人觉得这些场面只是全部情节中的片段，并没有什么了不起，反而对于某景物的一个特写、某角色的一个动作点头赞赏不已。这两种人中，显然是后一种人的鉴赏程度比较高。前一种人只被动地着眼于故事，看到生离死别，设身处地一想，就禁不住掉下泪来。后一种人却着眼于艺术，他们看出了一个特写、一个动作对于全部电影所加增的效果。

还就看电影来说。有一些人希望电影把故事交代得清清楚楚，譬如剧中某角色去访朋友，必须看见他从家中出来的一景，再看见他在路上步行或者乘车的一景，再看见他走进朋友家中去的一景，然后满意。如果看见前一景那个角色在自己家里，后一景却和朋友面对面谈话了，他们就要问："他门也没出，怎么一会儿就在朋友家中了？"像这样不预备动一动天君的人，当然谈不到什么鉴赏。

散场的时候，往往有一些人说那个影片好极了，或者说，紧张极了，巧妙极了，可爱极了，有趣极了——总之是一些形容词语。另外一些人却说那个影片不好，或者说一点不紧凑，一点不巧妙，没有什么可爱，没有什么趣味——总之也还是一些形容词语。像这样只能够说一些形容词语的人，他们的鉴赏程度也有限得很。

文艺鉴赏并不是摊开了两只手，专等文艺给我们一些什么。也不是单凭一时的印象，给文艺加上一些形容词语。

文艺中间讲到一些事物，我们就得问：作者为什么要讲到这些事物？文艺中间描写风景，表达情感，我们就得问：作者这样描写和表达是不是最为有效？我们不但说了个"好"就算，还要说得出好在哪里，不但说了个"不好"就算，还要说得出不好在哪里。这样，才够得上称为文艺鉴赏。这样，从好的文艺得到的感动自然更见深切。文艺方面如果有什么不完美的地方，也会觉察出来，不至于一味照单全收。

鲁迅的《孔乙己》，现在小学高年级和初级中学都选作国语教材，读过的人很多了。匆匆读过的人说："这样一个偷东西被打折了脚的瘪三，写他有什么意思呢？"但是，有耐心去鉴赏的人不这么看，有的说："孔乙己说'回'字有四样写法，如果作者让孔乙己把四样写法都写出来，那就索然无味了。"有的说："这一篇写的孔乙己，虽然颓唐、下流，却处处要面子，处处显示出他所受的教育与他的影响，绝不同于一般的瘪三。这是这一篇的出色处。"有一个深深体会了世味的人说："这一篇中，我以为最妙的文字是'孔乙己是这样的使人快活，可是没有他，别人也便这么过'。这个话传达出无可奈何的寂寞之感。这种寂寞之感不只属于这一篇中的酒店小伙计，也普遍属于一般人。'也便这么过'，谁能跳出这寂寞的网罗呢？"

可见文艺鉴赏犹如采矿，你不动手，自然一无所得，只要你动手去采，随时会发见一些晶莹的宝石。

这些晶莹的宝石岂但给你一点赏美的兴趣，并将扩大你的眼光，充实你的经验，使你的思想、情感、意志往更深更高的方面发展。

好的文艺值得一回又一回地阅读，其原由在此。否则明明已经知道那文艺中间讲的是什么事物了，为什么再要反复阅读？

另外有一类也称为文艺的东西，粗略地阅读似乎也颇有趣味。例如说一个人为了有个冤家想要报仇，往深山去寻访神仙。神仙访到了，拜求收为徒弟，从他修习剑术。结果剑术练成，只要念念有词，剑头就放出两道白光，能取人头于数十里之外。于是辞别师父，下山找那冤家，可巧那冤家住在同一的客店里。三更时分，人不知，鬼不觉，剑头的白光不必放到数十里那么长，仅仅通过了几道墙壁，就把那冤家的头取来，藏在作为行李的空皮箱里。深仇既报，这个人不由得仰天大笑。——我们知道现在有一些少年很欢喜阅读这一类东西。如果阅读时候动一动天君，就觉察这只是一串因袭的浮浅的幻想。除了荒诞的传说，世间哪里有什么神仙？除了本身闪烁着寒光，剑头哪里会放出两道白光？结下仇恨，专意取冤家的头，其人的性格何等暴戾？深山里住着神仙，客店里失去头颅，这样的人世何等荒唐？这中间没有真切的人生经验，没有高尚的思想、情感、意志作为骨子。说它是一派胡言，也不算过分。这样一想，就不再认为这一类东西是文艺，不再觉得这一类东西有什么趣味。读了一回，就大呼上当不止。谁高兴再去上第二回当呢？

可见阅读任何东西不可马虎，必须认真。认真阅读的结果，不但随时会发现晶莹的宝石，也随时会发现粗劣的瓦砾。于是收取那些值得取的，排除那些无足取的，自己才会渐渐地成长起来。

取着走马看花的态度的，决谈不到文艺鉴赏。纯处被动的地位的，也谈不到文艺鉴赏。

要认真阅读。在阅读中要研究，考察。这样才可以走上文艺鉴赏的途径。

1936年12月下旬作

二、驱遣我们的想象

在原始社会里，文字还没有创造出来，却先有了歌谣一类的东西。这也就是文艺。

文字创造出来以后，人就用它把所见所闻所感所想的一切记录下来。一首歌谣，不但口头唱，还要刻呀，漆呀，把它保留在什么东西上（指使用纸和笔以前的时代而言）。这样，文艺和文字就并了家。

后来纸和笔普遍地使用了，而且发明了印刷术。凡是需要记录下来的东西，要多少份就可以有多少份。于是所谓文艺，从外表说，就是一篇稿子，一部书，就是许多文字的集合体。

当然，现在还有许多文盲在唱着未经文字记录的歌谣，像原始社会里的人一样。这些歌谣只要记录下来，就是文字的集合体了。文艺的门类很多，不止歌谣一种。古今属于各种门类的文艺，我们所接触到的，可以说没有一种不是文字的集合体。

文字是一座桥梁。这边的桥堍站着读者，那边的桥堍站着作者。通过了这一座桥梁，读者才和作者会面。不但会面，并且了解作者的心情，和作者的心情相契合。

先就作者的方面说。文艺的创作决不是随便取许多文字来集合在一起。作者着手创作，必然对于人生先有所见，先有所感。他把这些所见所感写出来，不作抽象的分析，而作具体的描写，不作刻板的记载，而作想象的安排。他准备写的不是普通的论说文、记叙文；他准备写的是文艺。他动手写，不但选择那些最适当的文字，让它们集合起来，还要审查那些写了下来的文字，看有没有应当修改或是增减的。总之，作者想做到的是：写下来的文字正好传达出他的所见所感。

现在就读者的方面说。读者看到的是写在纸面或者印在纸面的文字，但是看到文字并不是他们的目的。他们要通过文字去接触作者的所见所感。

如果不识文字，那自然不必说了。即使识了文字，如果仅能按照字面解释，也接触不到作者的所见所感。王维的一首诗中有这样两句：

大漠孤烟直，长河落日圆。

人家认为是佳句。如果单就字面解释，大漠上一缕孤烟是笔直的，长河背后一轮落日是圆圆的，这有什么意思呢？或者再提出疑问：大漠上也许有几处地方聚集着人，难道不会有几缕的炊烟吗？假使起了风，烟不就曲折了吗？落日固然是圆的，难道朝阳就不圆吗？这样的提问，似乎是在研究，在考察，可是也领会不到这两句诗的意思。要领会这两句诗，得睁开眼睛来看。看到的只是十个文字呀。不错，我该说得清楚一点：在想象中睁开眼睛来，看这十个文字所构成的一幅图画。这幅图画简单得很，景物只选四样，大漠、长河、孤烟、落日，传出北方旷远荒凉的印象。给"孤烟"加上个"直"字，见得没有一丝的风，当然也没有风声，于是更来了个静寂的印象。给"落日"加上个"圆"字，并不是说唯有"落日"才"圆"，而是说"落日"挂在地平线上的时候才见得"圆"。圆圆的一轮"落日"不声不响地衬托在"长河"的背后，这又是多么静寂的境界啊！一个"直"，一个"圆"，在图画方面说起来，都是简单的线条，和那旷远荒凉的大漠、长河、孤烟、落日正相配合，构成通体的一致。

像这样驱遣着想象来看，这一幅图画就显现在眼前了，同时也就接触了作者的意境。读者也许是到过北方的，本来觉得北方的景物旷远、荒凉、静寂，使人怅然凝望。现在读到这两句，领会着作者的意境，宛如听一个朋友说着自己也正要说的话，这是一种愉快。读者也许不曾到过北方，不知道北方的景物是怎样的。现在读到这两句，领会着作者的意境，想象中的眼界就因而扩大了，并且想想这意境多美，这也是一种愉快。假如死盯着文字而不能从文字看出一幅图画来，就感受不到这种愉快了。

上面说的不过是一个例子。这并不是说所有文艺作品都要看作一幅图画，才能够鉴赏。这一点必须弄清楚。

再来看另一些诗句。这是从高尔基的《海燕》里摘录出来的。

白蒙蒙的海面上，风在收集着阴云。在阴云和海的中间，得意洋洋地掠过了海燕……

……

海鸥在暴风雨前头哼着，——哼着，在海面上窜着，愿意把自己对于暴风雨的恐惧藏到海底里去。

潜水鸟也在哼着——它们这些潜水鸟，够不上享受生活的战斗的快乐！轰击的雷声就把它们吓坏了。

蠢笨的企鹅，畏缩地在崖岸底下躲藏着肥胖的身体……

只有高傲的海燕，勇敢地，自由自在地，在泛着白沫的海面上飞掠着。

……

——暴风雨！暴风雨快要爆发了！

勇猛的海燕，在闪电中间，在怒吼的海上，得意洋洋地飞掠着，这胜利的预言者叫了：

——让暴风雨来得厉害些吧！

如果单就字面解释，这些诗句说了一些鸟儿在暴风雨之前各自不同的情况，这有什么意思呢？或者进一步追问：当暴风雨将要到来的时候，人忧惧着生产方面的损失以及人事方面的阻障，不是更要感到不安吗？为什么抛开了人不说，却去说一些无关紧要的鸟儿？这样地问着，似乎是在研究，在考察，可是也领会不到这首诗的意思。

要领会这首诗，得在想象中生出一对翅膀来，而且展开这对翅膀，跟着海燕"在闪电中间，在怒吼的海上，得意洋洋地飞掠着"。这当儿，就仿佛看见了聚集的阴云，耀眼的闪电，以及汹涌的波浪，就仿佛听见了震耳的雷声，怒号的海啸。同时仿佛体会到，一场暴风雨之后，天地将被洗刷得格外清明，那时候在那格外清明的天地之间飞翔，是一种无可比拟的舒适愉快。"暴风雨有什么可怕呢？迎上前去吧！叫暴风雨快些来吧！让格外清明的天地快些出现吧！"这样的心情自然萌生出来了。回头来看看海鸥、潜水鸟、企鹅那些东西，它们苟安、怕事，只想躲避暴风雨，无异于不愿看见格外清明的天地。于是禁不住激昂地叫道：

"让暴风雨来得厉害些吧！"

像这样驱遣着想象来看，这才接触到作者的意境。那意境是什么呢？就是不避"生活的战斗"。唯有迎上前去，才够得上"享受生活的战斗的快乐"。读者也许是海鸥、潜水鸟、企鹅似的人物，现在接触到作者的意境：感到海燕的快乐，因而改取海燕的态度，这是一种受用。读者也许本来就是海燕似的人物，现在接触到作者的意境，仿佛听见同伴的高兴的歌唱，因而把自己的态度把握得更坚定，这也是一种受用。假如死盯着文字而不能从文字领会作者的意境，就无从得到这种受用了。

我们鉴赏文艺，最大目的无非是接受美感的经验，得到人生的受用。要达到这个目的，不能够拘泥于文字。必须驱遣我们的想象，才能够通过文字，达到这个目的。

1937年1月下旬作

三、训练语感

前面说过，要鉴赏文艺，必须驱遣我们的想象。这意思就是：文艺作品往往不是倾筐倒箧地说的，说出来的只是一部分罢了，还有一部分所谓言外之意、弦外之音，没有说出来，必须驱遣我们的想象，才能够领会它。如果拘于有迹象的文字，而抛荒了言外之意、弦外之音，至多只能够鉴赏一半；有时连一半也鉴赏不到，因为那没有说出来的一部分反而是极关重要的一部分。

这一回不说"言外"而说"言内"。这就是语言文字本身所有的意义和情味。鉴赏文艺的人如果对于语言文字的意义和情味不很了了，那就如入宝山空手回，结果将一无所得。

审慎的作家写作，往往斟酌又斟酌，修改又修改，一句一字都不肯随便。无非要找到一些语言文字，意义和情味同他的旨趣恰相贴合，使他的作品真能表达他的旨趣。我们固然不能说所有的文艺作品都能做到这样，可是我们可以说，凡是出色的文艺作品，语言文字必然是作者的旨趣的最贴合的符号。

作者的努力既是从旨趣到符号，读者的努力自然是从符号到旨趣。读者若不能透切地了解语言文字的意义和情味，那就只看见徒有迹象的死板板的符号，怎么能接近作者的旨趣呢？

所以，文艺鉴赏还得从透切地了解语言文字入手。这件事看来似乎浅近，但是最基本的。基本没有弄好，任何高妙的话都谈不到。

陶渊明"好读书不求甚解"，从来传为美谈，因而很有效法他的。我还知道有一些少年看书，遇见不很了了的地方就一眼带过：他们自以为有一宗可靠的经验，只要多遇见几回，不很了了的自然就会了了。其实陶渊明的"好读书不求甚解"究竟是不是胡乱阅读的意思，原来就有问题。至于把不很了了的地方一眼带过，如果成了习惯，将永远不能够从阅读得到多大益处。囫囵吞东西，哪能辨出真滋味来？文艺作品跟寻常读物不同，是非辨出真滋味来不可的。读者必须把握住语言文字的意义和情味，才能辨出真滋味来——也就是接近作者的旨趣的希望。

要了解语言文字，通常的办法是翻查字典辞典。这是不错的。但是现在许多少年仿佛有这样一种见解：翻查字典辞典只是国文课预习的事情，其他功课就用不到，自动地阅读文艺作品当然更无需那样了。这种见解不免错误。产生这个错误不是没有原由的。其一，除了国文教师以外，所有辅导少年的人都不曾督促少年去利用字典辞典。其二，现在还没有一种适于少年用的比较完善的字典和辞典。虽然有这些原由，但是从原则上说，无论什么人都该把字典辞典作为终身伴侣，以便随时解决语言文字的疑难。字典辞典即使还不完善，能利用总比不利用好。

不过字典辞典的解释，无非取比照的或是说明的办法，究竟和原字原词不会十分贴合。例如"踌躇"，解作"犹豫"，就是比照的办法；"情操"，解作"最复杂的感情，其发作由于精神的作用，就是爱美和尊重真理的感情"，就是说明的办法。完全不了解什么叫作"踌躇"、什么叫作"情操"的人，看了这样的解释，自然能有所了解。但是在文章中间，该用"踌躇"的地方不能换上"犹豫"，该用"情操"的地方也不能拿说明的解释语去替代，可见从意义上、情味上说，原字原词和字典辞典的解释必然多少有点距离。

不了解一个字一个词的意义和情味，单靠翻查字典辞典是不够的。必须在日常生活中随时留意，得到真实的经验，对于语言文字才会有正确丰富的了解力。换句话说，对于语言文字才会有灵敏的感觉。这种感觉通常叫作"语感"。

夏丏尊先生在一篇文章里讲到语感，有下面的一节说：

在语感锐敏的人的心里，"赤"不但解作红色，"夜"不但解作昼的反面吧。"田园"不但解作种菜的地方，"春雨"不但解作春天的雨吧。见了"新绿"二字，就会感到希望、自然的化工、少年的气概等等说不尽的旨趣；见了"落叶"二字，就会感到无常、寂寥等等说不尽的意味吧。真的生活在此，真的文学也在此。

夏先生这篇文章提及的那些例子，如果单靠翻查字典，就得不到什么深切的语感。唯有从生活方面去体验，把生活所得的一点一点积聚起来，积聚得越多，了解就越深切。直到自己的语感和作者不相上下，那时候去鉴赏作品，才真能够接近作者的旨趣了。

譬如作者在作品中描写一个人从事劳动，末了说那个人"感到了健康的疲倦"，这是很生动很实感的说法。但在语感欠锐敏的人就不觉得这个说法的有味，他想：疲倦就疲倦了，为什么加上"健康的"这个形容词呢？难道疲倦还有健康的和不健康的分别吗？另外一个读者却不然了，他自己有过劳动的经验，觉得劳动后的疲倦确然和一味懒散所感到的疲倦不同；一是发皇的、兴奋的，一是萎缩的、委靡的，前者虽然疲倦但有快感，后者却使四肢百骸都像销融了那样地不舒服。现在看见作者写着"健康的疲倦"，不由得拍手称赏，以为"健康的"这个形容词真有分寸，真不可少，这当儿的疲倦必须称为"健康的疲倦"，才传达出那个人的实感，才引得起读者经历过的同样的实感。

这另外一个读者自然是语感锐敏的人了。他的语感为什么会锐敏？就在乎他有深切的生活经验，他知道同样叫作疲倦的有性质上的差别，他知道劳动后的疲倦怎样适合于"健康的"这个形容词。

看了上面的例子，可见要求语感的锐敏，不能单从语言文字上去揣摩，而要把生活经验联系到语言文字上去。一个人即使不预备鉴赏文艺，也得训练语感，因为这于治事接物都有用处。为了鉴赏文艺，训练语感更是基本的准备。有了这种准备，才可以通过文字的桥梁，和作者的心情相契合。

1937年3月下旬作

四、不妨听听别人的话

鉴赏文艺，要和作者的心情相契合，要通过作者的文字去认识世界，体会人生，当然要靠读者自己的努力。有时候也不妨听听别人的话。别人鉴赏以后的心得不一定就可以转变为我的心得；也许它根本不成为心得，而只是一种错误的见解。可是只要抱着参考的态度，听听别人的话，总不会有什么害处。抱着参考的态度，采取不采取，信从不信从，权柄还是在自己手里。即使别人的话只是一种错误的见解，我不妨把它搁在一旁；而别人有几句话搔着了痒处，我就从此得到了启发，好比推开一扇窗，放眼望出去可以看见许多新鲜的事物。阅读文艺也应该阅读批评文章，理由就在这里。

批评的文章有各式各样。或者就作品的内容和形式加以赞美或指摘；或者写自己被作品引起的感想；或者说明这作品应该怎样看法；或者推论这样的作品对于社会会有什么影响。一个文艺阅读者，这些批评的文章都应该看看。虽然并不是所有的批评文章都有价值，但是看看它们，就像同许多朋友一起在那里鉴赏文艺一样，比较独个儿去摸索要多得到一点切磋琢磨的益处和触类旁通的机会。

文艺阅读者最需要看的批评文章是切切实实按照作品说话的那一种。作品好在哪里，不好在哪里；应该怎么看法，为什么；对于社会会有什么影响，为什么。这样明白地说明，当然适于作为参考了。

有一些批评文章却只用许多形容词，如"美丽""雄壮"之类；或者集合若干形容词语，如"光彩焕发，使人目眩"，"划时代的，出类拔萃的"之类。对于诗歌，这样的批评似乎更常见。从前人论词（从广义说，词也是诗歌），往往说苏、辛豪放，周、姜蕴藉，就是一个例子。这只是读了这四家的词所得的印象而已；为要用语言文字来表达所得的印象，才选用了"豪放"和"蕴藉"两个形容词。"豪放"和"蕴藉"虽然可以从辞典中查出它们的意义来，但是对于这两个形容词的体会未必人人相同，在范围上，在情味上，多少有广狭、轻重的差别。所以，批评家所说的"豪放"和"蕴藉"，不就是读者意念中的"豪放"和"蕴藉"。读者从这种形容词所能得到的帮助很少。要有真切的印象，还得自己去阅读作品。其次，说某人的作品怎样，大抵只是扼要而言，不能够包括净尽。在批评家，选用几个形容词，集合几个形容词语，来批评某个作家的作品，固然是他的自由；可是读者不能够以此自限。如果以此自限，对于某个作家的作品的领会就得打折扣了。

阅读了一篇作品，觉得淡而无味，甚至发生疑问：作者为什么要采集这些材料，写成这篇文章呢？这是读者常有的经验。这当儿，我们不应该就此武断地说，这是一篇要不得的作品，没有道理的作品。我们应该虚心地想，也许是没有把它看懂吧。于是去听听别人的话。听了别人的话，再去看作品，觉得意味深长了；这些材料确然值得采集，这篇文章确然值得写作。这也是读者常有的经验。

我有一位朋友给他的学生选读小说，有一回，他选了日本国木田独步的一篇《疲劳》。这篇小说不过两千字光景，大家认为是国木田独步的佳作。它的内容大略如下：

篇中的主人公叫作大森。时间是五月中旬某一天的午后二时到四时半光景。地点是一家叫作大来馆的旅馆里。譬之于戏剧，这篇小说可以分为两场：前一场是大森和他的客人田浦在房间里谈话；后一场是大森出去了一趟回到房间里之后的情形。

在前一场中，侍女阿清拿了来客中西的名片进来报告说，遵照大森的嘱咐，账房已经把人不在馆里的话回复那个来客了。大森和田浦正要同中西接洽事情，听说已经把他回复了，踌躇起来。于是两个人商量，想把中西叫来；又谈到对付中西的困难，迁就他不好，对他太像煞有介事也不好。最后决定送信到中西的旅馆去，约他明天清早到这里来。大森又准备停会儿先出去会一会与事情有关的骏河台那个角色；当夜还要把叫作泽田的人叫来，叫他把"样本的说明顺序"预备妥当，以便对付中西。

在后一场中，大森从外面回来，疲劳得很，将身横倒在席上，成了个"大"字。侍女报说江上先生那里来了电话。大森勉强起来去接，用威势堂堂的声气回答说："那么就请来。"大森"回到房里，又颓然把身子横倒了，闭上眼睛。忽而举起右手，屈指唱着数目，似乎在想什么。过了一会，手'啪'地自然放下，发出大鼾声来，那脸色宛如死人"。

许多学生读了这篇小说，觉得莫名其妙。大森和田浦要同中西接洽什么事情呢？接洽的结果怎样呢？篇中都没有叙明。像这样近乎无头无尾的小说，作者凭什么意思动笔写作呢？

于是我的朋友向学生提示说：

你们要注意，这是工商社会中生活的写生。他们接洽是什么事情，对于领会这篇小说没有多大关系；单看中间提"样本的说明顺序"，知道是买卖交易上的事情就够了。在买卖交易上需要这么钩心斗角，斟酌对付，以期占得便宜：这是工商社会的特征。

再看大森和田浦的生活方式，完全是工商社会的：他们在旅馆里开了房间商量事情；那旅馆的电话备有店用的和客用的，足见通话的频繁；午后二时光景住客大都出去了，足见这时候正有许多事情在分头进行。大森在房间里拟的是"电报稿"，用的是"自来水笔"，要知道时间，看的是"案上的金时计"。他不断地吸"纸烟"，才把烟蒂放下，接着又取一支在手；烟灰盆中盛满了埃及卷烟的残蒂。田浦呢，匆忙地查阅"函件"；临走时候，把函件整理好了装进"大皮包"里。这些东西好比戏剧中的"道具"，样样足以显示人物的生活方式。他们在商量事情的当儿，不免由一方传染到对方，大家打着"呵欠"。在唤进侍女来教她发信的当儿，却顺便和她说笑打趣。从这上边，可以见到他们所商量的事情并不是怎样有兴味的。后来大森出去了一趟再回来，横倒在席上，疲劳得连洋服也不耐烦脱换。从这上边可以见到他这一趟出去接洽和商量的事情也不是怎样有兴味的。待他接了江上的电话之后，才在"屈指唱着数目，似乎在想什么"，但是一会儿就入睡了，"脸色宛如死人"。这种生活怎样地使人困倦，也就可想而知了。

领会了这些，再来看作为题目的"疲劳"这个词，不是有画龙点睛的妙处吗？

许多学生听了我的朋友的提示，把这篇小说重读一遍，差不多异口同声地说："原来如此。现在我们觉得这篇小说句句有分量，有交代了。"

1937年3月下旬

杂谈我的写作

　　我虽然常常写一点东西，可是自问没有什么可以谈的写作经验。现在承中国青年写作协会函约，要我写这篇东西，我实在不知道该怎么写才合式。会中附寄来一份表，标题叫作《我怎样写作》，是教作答的人逐项填写的。我就根据表中所开各项，顺次写下去，有可以说的多写一点，没有什么可以说的略去不写；把那份表作为我这篇文字的间架，这是一个取巧的办法。

　　那份表的甲项是"兴趣如何发生？"。我对于文艺发生兴趣，现在回想起来，应该追溯到十二三岁的时候，在家里发现了一部《唐诗三百首》和一部《白香词谱》。拿到手里，就自己翻看；对于《三百首》中的乐府和绝句，《词谱》中的小令和中调，特别觉得新鲜有味。因为不是先生逼着读的，也就不做强记死背的功夫；只在翻开的时候朗诵一番，再翻的时候又朗诵一番而已。经籍史籍子籍中也有好文艺，如《诗经》《史记》和《庄子》，我都不能领会，只觉得这些书籍是压在肩背上的沉重的负担。那时候中学里读英文，用的本子是华盛顿·欧文的《见闻杂记》（这本书和古德斯密①的《威克斐牧师传》，在当时几乎是学英文的必读书，但从此读通英文的实在没有多少人；现在中学里，好像不读这些书了，但学生的英文程度还是不见高明），一行中间至少有三四个生字；自己翻查字典，实在应付不来，只好在先生讲解的时候把字义用红铅笔记在书本子上。为要记字义，不得不留心听先生的讲解；那富于诗趣的描写，那看似平淡而实有深味的叙述，当时以为都不是读过的一些书中所有的，爱赏不已，尤其是《妻》《睡谷》《李迫大梦》以及叙述圣诞节和威斯明司德奇的几篇。虽然记了字义，对于那些生僻的字到底没有记住；文章的文法关系更谈不到了，先生解说的当时就没有弄明白；但是华盛顿·欧文的文趣（现在想来就是"风格"了）很打

---

① 奥利佛·高德史密斯（1730—1774），英国作家，代表作《中国人信札》《威克菲尔德牧师传》等。——编者注

动了我。我曾经这样想过，若用这种文趣写文字，那多么好呢！这以前，我也看过好些旧小说，如《水浒》《三国演义》《红楼梦》，都曾看过好几遍，但只是对于故事发生兴趣而已，并不觉得写作方面有什么好处。

现在就乙项"写作如何开始"的第一目"开始写作的年龄"来说。我从书塾中"开笔"，一直到进了中学，都按期作文。这种作文是强迫的练习，不是自动的抒写，不能算写作。自动的抒写的开始是作诗。记得第一首诗是咏月的绝句，开头道："纤云拥出一轮寒"，以下三句记不起了。那时我在中学里，大概是二年生或三年生。升到五年级（前清中学五年毕业）的时候，和几个同学发起一种《课余丽泽》，自己作稿，自己写钢版，自己印发，每期两张或三张，犹如现在的壁报；我常常写一些短论或杂稿，这算是发表文字的开始。民国元年，我当了小学教师，其时"社会主义"这个名词刚才输入，上海和各地都有"社会党"的组织，我看了他们的书报，就动手作一部小说，描写近乎社会主义的理想世界。大约作了四五章，就停笔了，因为预备投稿的那一种地方报纸停办了。这份稿子早已不知去向，不记得详细节目怎样，只记得是用白话写的。三年或四年，我的小学教师的位置被人挤掉，在家里闲了半年。其时上海有一种小说杂志叫作《礼拜六》，销行很广，我就作了小说去投稿，共有十几篇，每篇都被刊用。第一篇叫作《穷愁》，描写一个穷苦的卖饼孩子，有意模仿华盛顿·欧文的笔趣；以后几篇也如此。这十几篇多数用文言，好像只有一两篇用白话。这是我卖稿的开始。

过了四五年，五四运动起来了，顾颉刚兄与他的同学傅孟真、罗志希诸位在北京创办《新潮》杂志，来信说杂志中需要小说，何不作几篇寄与。我就陆续寄了三四篇去，从此为始，我的小说都用白话了。接着沈雁冰兄继任《小说月报》的编辑，他要把杂志革新，来信索稿；我就作了《小说月报》的长期投稿人。此后郑振铎兄创办《儿童世界》，要我作童话，我才作童话，集拢来就是题名为《稻草人》的那一本。李石岑兄、周予同兄主持《教育杂志》，他们要在杂志中刊载一种长篇的教育小说，我才作《倪焕之》。若不是这几位朋友给我鼓励与督促，我或许在投稿《礼拜六》后不再作小说了。

新体诗我也作过，独幕剧也作过三四篇，现在看看都不成样子，比小说更差。《新文学大系》中曾选载了几篇，我翻看时很感惭愧。至于写散文，大概开始于民国十二三年间，就是现在中学国文教本中常见的《藕与莼菜》《没有秋虫的地方》那几篇。那些散文的情调是承袭诗词的传统的，字句又大多是文言的，当时虽自觉欢喜，实在不是什么好文字。以后，我主编《中学生》杂志，这种杂志的一个特点是注重语文研究，我就与亲家夏丏翁合作一部《文心》，按期刊载。这部书用小说体裁叙述学习国文的知识和技能，算是很新鲜的；至今还被许多中学采用，作为学生的课外读物。《文心》完成之后，我的写作几乎完全趋向国文教学方面，小说和散文都很少作了。直到最近，因为职务的关系，和朱佩弦兄合作了一部《精读指导举隅》，一部《略读指导举隅》，还是属于这方面的。这两部是中学国文教师的参考书。现在中学教国文，阅读方面有"精读""略读"两个项目，都应由教师加以指导，然后学生自己去修习，修习之后，再由教师加以纠正或补充（实际上这么办的并不多）；我们这两部书算是指导的具体例子，希望我们的"同行"看了，能够采纳我们的意见，并且能够"反三"。

乙项的第二目是"开始写作的倾向"，下列四个子目，其中两个是"爱用白话"和"爱用文言"。这在前面已经说过了，不必再提。可是我另外有要说的。我是江苏人，从小不离乡井，自幼诵习的又都是些文言书籍，所以初期的白话文和"五四"时候一班作者一样，文言的字眼和文言的语调杂凑在中间，可以说是"四不像"的东西。以后自己越写越多，人家的东西越看越多，觉得这种"四不像"

的文体应该改良。仅仅把"之"字换了"的"字,"矣"字换了"了"字,"此人"换了"这个人","不之信"换了"不相信他",就算是白话文吗?于是我渐渐自己留意,写白话要是纯粹的白话。直到如今,还不能完全做到,但是我希望有一天能够完全做到。关于纯粹不纯粹的标准,我以为该是"上口不上口";在《精读指导举隅》,曾经谈到这一层,现在摘录一部分在这里:

　　白话文里用入文言的字眼,与文言用入白话的字眼一样,没有什么可以不可以的问题,只有适当不适当,或是说,效果好不好的问题。要讨论这个问题,可以从理想的白话文该是怎样的想起。

　　白话文依据着白话,是谁都知道的。既说依据着白话,是不是口头用什么字眼,口头怎样说法就怎样写法呢?那可不一定。如果一个人说话一向是非常精密的,自然不妨完全依据着他的说话写他的白话文。但一般人的说话往往是不很精密的,有时字眼用得不切当,有时语句没有说完全,有时翻来覆去,说了再说,无非这一点意思。这样的说话,在口头说着的时候,因为有发言的声调、面目与身体的表情等帮助,仍可以使听话的对方理会,收到说话的效果。可是,照样写到纸面上去，发言的声调、面目与身体的表情等帮助就没有了，所凭借的只是纸面上的文字，那时候能不能也使阅读文字的对方理会，收到作文的效果，是不能断定的。所以在写白话文的时候，对于说话不得不作一番洗炼的工夫。洗是洗濯的洗，就是把说话里的一些渣滓洗去；炼是炼铜炼钢的炼，就是把说话炼得比平常说话精粹。渣滓洗去了，炼得比平常说话精粹了，然而还是说话（这就是说，一些字眼还是口头的字眼，一些语调还是口头的语调，不然，写下来就不成其为白话文了）；依据这种说话写下来的，才是理想的白话文。

文字写在纸面，原是教人看的，看是视觉方面的事情。然而一个人接触一篇文字，实在不只是视觉方面的事情，他还要出声或不出声地念下去，同时听自己出声或不出声的念。所以"阅""读"两个字是连在一起拆不开的。现在就阅读白话文说，读者念与听所依据的标准是白话，必须文字中所用的字眼与语调都是白话的，他才觉得顺适，调和，起一种快感。不然，好像看见一个人穿了不称他的年龄、体态、身份的服装一样，虽未必就见得这个人不足取，但对于他那身服装至少要起不快之感。而不快之感是会减少读者和作品的亲和力的，也就是说，会减少作品的效果的。把以上两节话综合起来，就是：白话文虽得把白话洗炼，可是经过了洗炼的必须仍是白话，这样，就体例说是纯粹，就效果说，可以引起读者念与听的时候的快感。反过来说，如果白话文里有了非白话的（就是口头没有这样说法的）成分，这就体例说是不纯粹，就效果说，将引起读者念与听的时候的不快之感。到这里，可以解答前面所提出的问题了。白话文里用入文言的字眼，实在是不很适当的足以减少效果的办法。

或者有人要问：现在国文课里，文言也要读，这就有了文言的教养；既然有了文言的教养，写起白话文来，自然而然会有文言成分从笔头溜出来；怎样才可以检出并排除那些文言成分，使白话文纯粹呢？这是有办法的，只要把握住一个标准，就是"上口不上口"。一些字眼与语调，凡是上口的，说话中间有这样说法的，都可以写进白话文，都不至于破坏白话文的纯粹。如果是不上口的，说话中间没有这样说法的（这里并不指杜撰的字眼与不合语文法的语句而言），那便是文言成分，不宜用入纯粹的白话文。譬如约朋友出去散步，决不会说"我们一同去闲步一回"。走到一处地方，头上是新鲜的树荫，脚下是可爱的草地，

也决不会说"这里头上有清荫，脚下有美草"。可见
"闲步""清荫""美草"是不上口的。又如"你只能循
着那锦带似的林木想象那一流清浅"（徐志摩《我所知
道的康桥》中的文句）一语，在口头说起来，大概是
"你只能沿着那锦带似的林木想象那清浅的河流"，可
见"想象那一流清浅"是不上口的。只要把握住"上
口不上口"这个标准，即使偶尔有文言成分从笔头溜
出来，也不难检出了。

到这里，还可以进一步说。譬如董仲舒有句话：
"正其谊不谋其利，明其道不计其功。"这明明是文言
的语调。可是，"从前董仲舒有句话道：'正其谊不谋
其利，明其道不计其功。'"这样的说法却是口头常有
的，口头常有就是上口，上口就不妨照样写入白话文。
如"知其不可而为之"一语出于《论语》，语调也明明
是文言的。可是，"某人作某事是知其不可而为之"，
这样的说法，却是口头常有的，口头常有就是上口，
上口就不妨照样写入白话文。前一例里的"正其谊不
谋其利，明其道不计其功"所以上口，因为说话说到
这里，不得不引用原文。后一例里的"知其不可而为
之"所以上口，因为说话本来有这么一个法则，有时
可以引用成语。在"引用"这一个条件之下，口头说

111

话既不排斥文言成分，纯粹的白话文当然可以容纳文言成分了。这与前一节话并不违背，前一节话原是这样说的：凡是上口的，说话中间有这样说法的，都可以写进白话文，都不至于破坏白话文的纯粹。

现在再就字眼说。如《易经》里的"否"与"泰"两个字，表示两个观念，平常说话是决不用的，当然是文言字眼。可是经学或哲学教师解释这两个概念的时候，口头不能不说"这样就是否"与"这样就是泰"的话，他也许还要说"经过了否的阶段，就来到泰的阶段"。在这些语句里，"否"与"泰"两个字上口了，就把这些语句写入白话文，那白话文还是纯粹的。试看这两个字怎样会上口的呢？原来与前面所说一样，也是由于"引用"。

同时我以为写文言也得纯粹，写"梁启超式"的文言就不该搀入古文格调，写唐宋古文就不该搀入骈体文句，否则都好像"一个人穿了不称他的年龄、体格、身份的服装一样"。偶尔写文言，我就认定这个标准，不敢含糊。现在有些人写信，往往文白夹杂，取其信笔写来，不费思索，又便利，又迅速；我也常常这样。可是要知道，这种体裁要写得好，很不容易。在语文素养较深的人，文言中搀几句白话，或者白话中搀几句文言，虽在作者写的当时并不曾逐句推敲，但解析起来，一定是足以增进文字的效果的。素养较差的人如果学它，增进效果的好处既得不到，反而使文字成为七拼八凑的一件东西；还是不要学它的好。

丙项"写作生活的叙述"的第一目是"写作时间的选择"。这很简单，我从小就不惯熬夜，所以不曾有过深夜作文的事情；所有我的文字，当教师的时候便在课余写，当编辑的时候便在放工以后写，夜间当然要利用，可是写到九点十点钟，非睡觉不可了。第二目是"写作场合的选择"。我的文字大多在家里写，下笔的时候，最好家里人不说话，不在我眼前有什么动作，因为这些都要引起我的注意，使我的思想不能集中。邻家的孩子哭闹，汽车电车在门外往来，对于我就没有关系，我好像没有听见什么声音似的。在旅馆里开了房间作稿，我也干过两三回，可是成绩并不好。在旅馆里虽与一切隔离，桌子椅子也比家里舒服，然而那个环境不是平时熟悉的，要定下心来写东西自然比在家里难了。第三目是"写作二三小事"，下列三个子目，其中一个是"写作速率与持久力"。我的写作速率以前比较高，三四千字的一篇文字一天工夫便完成了。以后越来越低，到近几年，一天至多写一千五百字，写七八百字也是常有的事。这大概由于以前不大琢磨，后来知道琢磨了。我的琢磨常常在意思周密不周密和情趣合适不合适上，为了一个词儿和一种句式的选定，往往停笔好久，那当然快不来了。《倪焕之》的写成是很机械的，全部规定刊载在一年《教育杂志》的十二期里，我就每个月作两章，每两章总是连续写一个星期，有空就写，不管旁的事儿。这部书在笔调方面，前后不很一致，这该是许多原因中的一个。

第三目三个子目中，又有一个是"作品的修删"。我在完篇之后，大概不很修删。但并非信笔挥洒，落纸就算。我把修删工夫移到写作的当时去，写了一句就看这一句有什么要修删，写了一节又看这一节有什么要修删，写作与修删同时进行，到完篇时，便看不出再有什么地方要修删了。修删当然运用心思，可是我还用口舌，把文句一遍又一遍地默念。直到意思和情趣差不多了，默念起来也顺口了，我才让那些文句"通过"。这个办法，我自己知道有弊病；因为一边写作一边修删，就不免断断续续，失掉了从前文章家所说的"文气"。然而我的习惯已经养成，要改变却不容易了。

丁项是"写作上的困难"。我每有了朦胧的意思，不动手就写；把它放在心头，时时刻刻想起它，使它渐渐地显出轮廓来。有的过了好久好久，还只是个朦胧的意思，那时就不免感到烦闷。我没有写笔记的习惯，想到一些细节目，都记在心上。想到之后，顺便把它安排（如这一节对于人物的描写该放在某处地方，这几句对话该让篇中人物在什么时候说出来）；落笔的时候自不能绝不改动，但改动的究竟是少数。轮廓和细节都想停当了，我才动手写。写的时候，工夫大多花在逐句逐节的琢磨上，前面已经说过了。因为一切有了眉目，我并不感到茫然无所措手足；可是把想停当了的东西化为文字，犹如走一段很长的路程，一步不到，一步不了，因此总有一种压迫之感。直到写下末了一节的末了一个字，我才舒畅地透一口气，把那种压迫之感解除了。丁项列有五目，其中有一目是"作品的结局"。这有一点可以说的。我很留意作品的结局，结局得当，把全篇的精神振起，给读者一个玩味不尽的印象，是很有效果的。我的结局也预先想定，不但想定大意，往往连文句也先造成了，然后逐步逐步地写下去，归结到那预定的文句。我有一篇短篇小说叫作《遗腹子》，叙述一对夫妇只生女孩不生男孩，在丈夫绝望而纳了妾之后，大太太却破例地生了个男孩，可是不久那男孩就病死了。丈夫伤心得很，一晚上喝醉了酒，跌在河里淹死。

大太太发了神经病，只说自己肚皮里又怀了孕，然而遗腹子总是不见生出来。到这里，故事已经完毕，结局说：

"这时候，颇有些人来为大小姐二小姐说亲了。"这句话表示后一代又将踏上前一代所走的道路，生男育女，盼男嫌女，重演那一套把戏，这样传递下去，不知何年何代才得休歇。又有一篇叫作《风潮》，叙述一群中学生因为对于一个教师起反感，做了点越轨行动，就有一个学生被除了名。于是大家的义愤和好奇心不可遏制，起来捣毁校具，联名退学，个个都自以为了不起的英雄。到这里，我的结笔是"路上遇见相识的人，问他们做什么时，他们用夸耀的声气回答道：'我们起风潮了！'"这个结笔把全篇终止在最热闹的情态上，"我们起风潮了"这句话，含蓄着一群学生极度兴奋的种种心情。以上两个例子，似乎是比较要得的结局。

戊项"写作的完成"的第一目是"作品完成后的感觉"。作品完成之后，我从不曾感到特别满意，往往以为不过如此，不如想象中的那个轮廓那些材料那么好。可是我也并不懊恼，我的能力既只能写到如此，懊恼又有什么用处。第四目是"批评对作品的影响"。我不很留心登在报纸杂志上的那些批评文字；那些文字不是有意挑剔，就是胡乱称赞，好像谈的是另外一回事儿，和我的文字全没关系。我乐意听熟悉的几个朋友的意见，我的会心处，他们能够点头称赏，我的缺漏处，他们能够斟情酌理地加以指摘，无论称赏或指摘，我都欢喜承受，作为以后努力的路标。

写到这里，一份表算是填完了。复看一遍，其中并没有什么经验足以贡献给青年作者的，很觉惭愧。

子恺的画

推算起来大概是一九二五年的秋天，那时子恺在立达学园教西洋画，住天江湾。那一天振铎和愈之拉我到他家里去看他新画的画。

画都没有装裱，用图钉别在墙壁上，一幅挨一幅的，布满了客堂的三面墙壁。这是个相当简陋而又非常丰富的个人画展。

有许多幅，画题是一句诗或者一句词，像《卧看牵牛织女星》《翠拂行人首》《无言独上西楼》等等。有两幅，我至今还如在眼前。一幅是《今夜故人来不来，教人立尽梧桐影》。画面上有梧桐，有站在树下的人，耐人寻味的是斜拖在地上的长长的影子。另一幅是《人散后，一钩新月天如水》。画的是廊下栏杆旁的一张桌子，桌子上凌乱地放着茶壶茶杯。帘子卷着，天上只有一弯残月。夜深了，夜气凉了，乘凉聊天的人散了——画面表现的正是这些画不出来的情景。

此外的许多幅都是从现实生活中取材的，画孩子的特别多。记得有一幅《阿宝赤膊》，两条胳膊交叉护在胸前，只这么几笔，就把小女孩的不必要的娇养表现出来了。还有一幅《花生米不满足》，后来佩弦谈起过，说看了那孩子争多嫌少的神气，使他想起了"惫懒的儿时"。其实描写出内心的"不满足"的，也只是眼睛眉毛寥寥的几笔。

此外还有些什么，我记不清了；当时看画的还有谁，也记不清了。大家看着墙壁上的画说各自的看法。有时也发生一些争辩。子恺谢世后我写过一首怀念他的诗，有一句"漫画初探招共酌"，记的就是那一天的事。"共酌"是共同斟酌研讨，并不是说在子恺家里喝了酒。总之，大家都赞赏子恺的画，并且怂恿他选出一部分来印一册画集，那就是一九二五年底出版的《子恺漫画》。

那一天的欢愉是永远值得怀念的。子恺的画开辟了一个新的境界，给了我一种不曾有过的乐趣，这种乐趣超越了形似和神似的鉴赏，而达到相与会心的感受。就拿以诗句为题材的画来说吧，以前读这首诗这阕词的时候，心中也曾泛起过一个朦胧的意境，正是子恺的画笔所抓住的。而在他，不是什么朦胧了，他已经用极其简练的笔墨，把那个意境表现在他的画幅上了。

从现实生活中取材的那些画，同样引起我的共鸣。有些事物我也曾注意过，可是转眼就忘记了；有些想法我也曾产生过，可是一会儿就丢开，不再去揣摩了。子恺却有非凡的能力把瞬间的感受抓住，经过提炼深化，把它永远保留在画幅上，使我看了不得不引起深思。

隔了一年多，子恺的第二本画集出版了，书名直截了当，就叫《子恺画集》。记得这第二本全都从现实生活取材，不再有诗句词句的题材了。当时我想过，这样也好，诗词是古代人写的，画得再好，终究是古代人的思想感情。"旧瓶"固然可以"装新酒"，那可不是容易的事，弄得不好就会落入旧的窠臼。现实生活中可画的题材多得很，尤其是子恺，他非常善于抓住瞬间的感受，正该从这方面舒展他的才能。

佩弦的意见跟我差不多，他在《子恺画集》的跋文中说："本集索性专载生活的速写，却觉精彩更多。"他称赞的《瞻瞻的车》和《阿宝两只脚，凳子四只脚》，这几幅都是我非常喜欢的。还有佩弦提到的《东洋和西洋》和《教育》，我也认为非常有意思。《东洋和西洋》画一个大出丧的行列，开路的扛着"肃静""回避"的行牌，来到十字路口，让指挥交通的印度巡捕给拦住，横路上正有汽车开过——东方的和西方的，封建的和殖民地的，在十字路口碰头了，真是耐人深思的一瞬间啊！《教育》画的是一个工匠在做泥人，他板着脸，把一团一团泥使劲往模子里按，按出来的是一式一样的泥人。是不是还有人在认真地做这个工匠那样的工作呢？直到现在，还值得我们深刻反省。

第二本画集里还有好些幅工整的钢笔画。其中的《挑荠菜》《断线鹞》《卖花女》，曾经引起当时在北京的佩弦对江南的怀念。我想，要是我再看这些幅画，一定会像佩弦一样怀念起江南、怀念起儿时来。扉页上还有一幅钢笔画，画一个蜘蛛网，粘着许多花瓣儿，中央却坐一个人。扉面背印上两句古人的词："檐外蛛丝网落花，也要留春住。"这样看来，蜘蛛网中央的人就是子恺自己了。他大概要说明，他画这些画，无非为了留住一些刹那间的感受。我连带想到，近来受了各方面的督促，常常要写些回忆老朋友的诗文，这就有点像子恺画在蜘蛛网中央的那个人了。

1981年7月2日

谈文章的修改

有人说，写文章只是顺其自然，不要在一字一语的小节上太多留意。只要通体看来没错，即使带些小毛病也没关系。如果留意了那些小节，医治了那些小毛病，那就像个规矩人似的，四平八稳，无可非议，然而也只成个规矩人，缺乏活力，少有生气。文章的活力和生气全仗信笔挥洒，没有拘忌，才能表现出来。你下笔多所拘忌，就把这些东西赶得一干二净了。

这个话当然有道理，可是不能一概而论。至少学习写作的人不该把这个话作为根据，因而纵容自己，下笔任它马马虎虎。

写文章就是说话，也就是想心思。思想、语言、文字，三样其实是一样。若说写文章不妨马虎，那就等于说想心思不妨马虎。想心思怎么马虎得？养成了习惯，随时随地都马虎地想，非但自己吃亏，甚至影响到社会，把种种事情弄糟。向来看重"修辞立其诚"，目的不在乎写成什么好文章，却在乎绝不马虎地想。想得认真，是一层。运用相当的语言文字，把那想得认真的心思表达出来，又是一层。两层功夫合起来，就叫作"修辞立其诚"。

学习写作的人应该记住，学习写作不单是在空白的稿纸上涂上一些字句，重要的还在乎学习思想。那些把小节小毛病看得无关紧要的人大概写文章已经有个把握，也就是说，想心思已经有了训练，偶尔疏忽一点，也不至于出什么大错。学习写作的人可不能与他们相比。正在学习思想，怎么能稍有疏忽？把那思想表达出来，正靠着一个字都不乱用，一句话都不乱说，怎么能不留意一字一语的小节？一字一语的错误就表示你的思想没有想好，或者虽然想好了，可是偷懒，没有找着那相当的语言文字：这样说来，其实也不能称为"小节"。说毛病也一样，毛病就是毛病，语言文字上的毛病就是思想上的毛病，无所谓"小毛病"。

修改文章不是什么雕虫小技，其实就是修改思想，要它想得更正确，更完美。想对了，写对了，才可以一字不易。光是个一字不易，那不值得夸耀。翻开手头一本杂志，看见这样的话："上海的住旅馆确是一件很困难的事，廉价的房间更难找到，高贵的比较容易，我们不敢问津的。"什么叫作"上海的住旅馆"？就字面看，表明住旅馆的原来是人。从此可见这个话不是想错就是写错。如果这样想"在上海，住旅馆确是一件很困难的事"，那就写对了。不要说加上个"在"字去掉个"的"字没有多大关系，只凭一个字的增减，就把错的改成对的了。推广开来，几句几行甚至整篇的修改也无非要把错的改成对的，或者把差一些的改得更正确，更完美。这样的修改，除了不相信"修辞立其诚"的人，谁还肯放过？

思想不能空无依傍，思想依傍语言。思想是脑子里在说话——说那不出声的话，如果说出来，就是语言，如果写出来，就是文字。朦胧的思想是零零碎碎不成片段的语言，清明的思想是有条有理组织完密的语言。常有人说，心中有个很好的思想，只是说不出来，写不出来。又有人说，起初觉得那思想很好，待说了出来，写了出来，却变了样儿，完全不是那么回事了。其实他们所谓很好的思想还只是朦胧的思想，就语言方面说，还只是零零碎碎不成片段的语言，怎么说得出来，写得出来？勉强说了写了，又怎么能使自己满意？那些说出来写出来有条有理组织完密的文章，原来在脑子里已经是有条有理组织完密的语言——也就是清明的思想了。说他说得好写得好，不如说他想得好尤其贴切。

因为思想依傍语言，一个人的语言习惯不能不求其好。坏的语言习惯会牵累了思想，同时牵累了说出来的语言，写出来的文字。举个最浅显的例子。有些人把"的时候"用在一切提冒的场合，如谈到物价，就说"物价的时候，目前恐怕难以平抑"，谈到马歇尔，就说"马歇尔的时候，他未必真个能成功吧"。试问这成什么思想，什么语言，什么文字？那毛病就在于沾染了坏的语言习惯，滥用了"的时候"三字。语言习惯好，思想就有了好的依傍，好到极点，写出来的文字就可以一字不易。我们普通人难免有些坏的语言习惯，只是不自觉察，在文章中带了出来。修改的时候加一番检查，如有发现就可以改掉。这又是主张修改的一个理由。

我和儿童文学

先说我是怎么写起童话来的。

我的第一本童话集《稻草人》的第一篇是《小白船》，写于一九二一年十一月十五日，我写童话就是从这一天开始的。接着在十六日、十七日写了《傻子》和《燕子》；隔了两天，在二十日又写了《一粒种子》。不到一个星期写了四篇童话，我自己也不敢相信了。这种情形不止一次，那一年十二月二十五日到三十日，也是六天，写了《地球》《芳儿的梦》《新的表》《梧桐子》《大喉咙》，一共五篇。一九二一年冬季，正是我和朱佩弦（自清）先生在杭州浙江第一师范日夕相处的日子，两个人在一间卧室里休息，在一间休憩室里备课，闲谈，改本子，写东西。可能因为兴致高，下笔就快些。朱先生有一篇散文记下了那些值得怀念的日子，中间提到我写童话的情形，说我构思和下笔都很敏捷。我自己可完全记不起来了，好像从来不曾这样敏捷过。

我写童话，当然是受了西方的影响。五四前后，格林、安徒生、王尔德的童话陆续介绍过来了。我是个小学教员，对这种适宜给儿童阅读的文学形式当然会注意，于是有了自己来试一试的想头。还有个促使我试一试的人，就是郑振铎先生，他主编《儿童世界》，要我供给稿子。《儿童世界》每个星期出一期，他拉稿拉得勤，我也就写得勤了。

这股写童话的劲头只持续了半年多，到第二年六月写完了那篇《稻草人》为止。为什么停下来了，现在说不出，恐怕当时也未必说得出。会不会因为郑先生不编《儿童世界》了？有这个可能，要查史料才能肯定。从《小白船》到《稻草人》，一共二十三篇童话编成一本集子，就用《稻草人》作书名，在一九二三年十一月出版，列入《文学研究会丛书》，因为我是文学研究会的会员。

《稻草人》这本集子中的二十三篇童话，前后不大一致，当时自己并不觉得，只在有点儿什么感触，认为可以写成童话的时候，就把它写了出来。我只管这样一篇接一篇地写，有的朋友却来提醒我了，说我一连有好些篇，写的都是实际的社会生活，越来越不像童话了。那么凄凄惨惨的，离开美丽的童话境界太远了。经朋友一说，我自己也觉察到了。但是有什么办法呢？生活在那个时代，我感受到的就是这些嘛。所以编成集子的时候，我还是把《稻草人》这个篇名作为集子的名称。

在以后这三年里，我只写了六篇童话，我记不得了，是一位年轻朋友查到了告诉我的。一九二五年的"五卅"运动把我的注意力引到了别的方面，直到大革命失败以后，我才写了一篇《冥世别》。当时，无数革命青年被屠杀了，有些名流竟然为屠夫辩护，说这些青年是受人利用，做了别人的工具，因而罪有应得。我想让这些受屈的青年出来申辩几句。可是他们已经死了，怎么办呢？于是想到用童话的形式，让他们在阴间向阎王表白。这篇童话不是写给孩子们看的，所以后来没有编进童话集。我在这里提一下，是想说明有些童话可能不属于儿童文学。给文学形式分类下定义本来是研究者的事，写的人可以不必管它。

一九二九年秋天，我写了《古代英雄的石像》。这篇童话引起好些误解，许多人来信问我，这个石像是不是影射某某某。我并无这个意思，只是说就石头来说，铺在路上让大家走，比作一个偶像，代表一个实际上并不存在的英雄有意义得多。后来续安徒生的童话，作《皇帝的新衣》，

128

我也并不是用这个皇帝影射某某某。一九三一年六月，我的第二本童话集《古代英雄的石像》出版，一共收了这两年间写的九篇童话。写得少的缘故，大约是做了许多年编辑工作，养成了不敢随便下笔的习惯。

直到一九五六年，中国少年儿童出版社要我选自己的童话若干篇，编成一本集子。他们说，这些童话虽然是解放前写的，让现在的孩子们看看，知道一些旧社会的情形，也有好处。我同意了，选了十篇，编成了《叶圣陶童话选》。这十篇中，《一粒种子》《画眉》《稻草人》是一九二一年到一九二二年写的，可以代表一个阶段；《聪明的野牛》是一九二四年写的，不曾收进童话集；《古代英雄的石像》《皇帝的新衣》《含羞草》《蚕和蚂蚁》是一九三一年到一九三三年写的，可以代表另一个阶段；最后两篇是一九三六年年初写的《鸟言兽语》和《火车头的经历》（在这两篇之后，就没有写过童话了）。我把这十篇童话的文字重新整理了一遍，因为这是给孩子们阅读的，不敢怠慢，总想做到通畅明白，念起来顺口，听起来顺耳。

打倒"四人帮"之后，中国少年儿童出版社打算重排《叶圣陶童话选》，要我增选几篇。我答应了，从第一本集子《稻草人》中选出《玫瑰和金鱼》《快乐的人》《跛乞丐》三篇，从第二本集子《古代英雄的石像》中选出《书的夜话》和《熊夫人幼稚园》两篇，都经过重新整理，加了进去。为了区别于以前的版本，把书名改成《〈稻草人〉和其他童话》，在去年八月出版。

这几本童话集的插图，我都很喜欢。《稻草人》是许敦谷先生的钢笔画，《古代英雄的石像》是丰子恺先生的毛笔画，《叶圣陶童话选》是黄永玉先生的木刻。丰子恺先生和黄永玉先生是国内国外都知名的画家，许敦谷先生比他们早，现在知道他的人不多了。在二十世纪二十年代，许先生为儿童读物画过不少插图，似乎到了二十世纪三十年代，就看不到他的新作了。好的插图不拘泥于文字内容，而能对文字内容起画龙点睛的作用，许先生画的就有这个长处，因而比较耐看：他的线条活泼准确，好像每一笔下去早就心中有数似的，足见他素描的基本功是很深的。丰先生和黄先生的插图，工力也很到家。对儿童文学来说，插图极其重要，是值得研究的一个方面。

除了童话，我写过两本童话歌剧，一本叫《蜜蜂》，一本叫《风浪》，都请人配了谱，在二十世纪二十年代出版过。可是内容是什么，我完全记不起了，想找来看看，托了好几个人，至今还没有找到。此外还写过一些儿童诗歌，大多刊登在早期的《儿童世界》，有的也配了谱。

在儿童文学方面，我还做过一件比较大的工作。在一九三二年，我花了整整一年时间，编写了一部《开明小学国语课本》，初小八册，高小四册，一共十二册，四百来篇课文。这四百来篇课文，形式和内容都很庞杂，大约有一半可以说是创作，另外一半是有所依据的再创作，总之没有一篇是现成的，是抄来的。给孩子们编写语文课本，当然要着眼于培养他们的阅读能力和写作能力，因而教材必须符合语言训练的规律和程序。但是这还不够。小学生既是儿童，他们的语文课本必得是儿童文学，才能引起他们的兴趣，使他们乐于阅读，从而发展他们多方面的智慧：当时我编写这一部国语课本，就是这样想的。

在这里提出来，希望能引起有关同志的注意。

解放以后，我只给儿童写过几首短诗，几篇散文，刊登在哪儿，也记不清了。总是忙。林彪、"四人帮"横行的那些年倒是闲了，可是哪有心情写什么东西呢？现在精力不济了，而且又忙了起来，许多事情还必须赶紧去做。儿童文学的园地不久也会万紫千红的，我正在拭目以待，做个鼓掌喝彩的人。

1980年1月17日

我和商务印书馆

　　如果有人问起我的职业，我就告诉他：我当过教员，又当过编辑，当编辑的年月比当教员多得多。现在眼睛坏了，连笔画也分辨不清了，有时候免不了还要改一些短稿，自己没法看，只能听别人念。

　　做编辑工作是进了商务印书馆才学的。记得第一次校对，我把校样读了一遍，不曾对原稿，校样上漏了一大段，我竟没有发现。一位专职校对看出来了，他用红笔在校样上批了几个字退回给我。弄得我很不好意思。我才知道编辑不好当，丝毫马虎不得，必须认认真真一边干一边学。

　　我进商务是一九二三年春天，朱经农先生介绍的。朱先生当时在编译所当国文部和史地部的主任。我在国文部，跟顾颉刚兄一同编《新学制中学国文课本》。这套课本的第一册是另外几位编的，其中有周予同兄。我参与了那时候颁发的"新学制中学国文课程标准"的拟订工作。

一九二七年六月，郑振铎兄去欧洲游历，我代他编《小说月报》，跟徐调孚兄合作。商务办了十几种杂志，除了大型的综合性的《东方杂志》人比较多，有十好几位，其余的每种杂志只有四位。《小说月报》除了调孚兄和我，还有两位管杂务的先生。他们偶尔也看看校样，但是不能让人放心。

那时正是大革命之后，时代的激荡当然会在文学的领域里反映出来。那两年里，《小说月报》上出现了许多有新意的作品，也出现了许多新的名字，最惹人注意的是茅盾、巴金和丁玲。当时大家不知道茅盾就是沈雁冰兄。他过去不写小说，只介绍国外的作品和理论。巴金和丁玲两位都不相识，是以后才见面的。

等振铎兄从欧洲回来，休息了一些日子，我就把《小说月报》的工作交回给他，回到国文部编《学生国学丛书》，时间记不太准，总在一九二九年上半年。到第二年下半年，我又去编《妇女杂志》，跟金仲华兄合作。一九三一年初，开明书店创办《中学生》杂志，过了不久，夏丏尊先生、章锡琛先生要我去帮忙，我就离开了商务。我在商务当编辑一共八个年头。

商务创办于一八九八年，老板是几位印《圣经》发家的工人；两年以后，维新派的知识分子参加进去，成立了编译所，一个编译、印刷、发行三者联合的文化企业就初具规模了。后来业务逐渐发展，就编译和出版的书籍杂志来说，文史哲理工医音体美，无所不包；有专门的，有通俗的，甚至有特地供家庭妇女和学前儿童阅读的。此外还贩卖国外的书刊、贩卖各种文具和体育器械，还制造仪器标本和教学用品供应各级学校，甚至还摄制影片，包括科教片和故事片。业务方面之广和服务对象之广，现在的任何一家出版社都不能和商务相比。商务的这个特点，现在不大有人说起了。

商务的编译所是知识分子汇集的地方，人员最多的时候有三百多位。早期留美回来的任鸿隽、竺可桢、朱经农、吴致觉诸先生，留日回来的郑贞文、周昌寿、李石岑、何公敢诸先生，都在商务的编译所工作过。稍后创办的几家出版业如中华、世界、大东、开明，骨干大多是从商务出来的；还有许多印刷厂装订厂，情形也大多相同。可以这样说，商务为我国的出版事业，从各方面培养了大批技术力量。

有趣的是一九四九年十月新中国成立，政务院有个管出版事业的直属机构叫出版总署，胡愈老任署长，周建老和我任副署长，二十多年前在商务编译所共事的老朋友又聚在一起了。后来人民教育出版社成立，我兼任社长。一九五四年九月，出版总署撤销，这一摊工作并入文化部。胡愈老调到文化部，出版工作仍旧由他主管；我调到教育部，主要还是在人民教育出版社做编辑工作。这一二十年来，老朋友过世的不少，周建老、胡愈老和我还健在。有人说，做出版工作的人就是长寿。

1982年元旦

故人
旧事

仿佛在一个广大的永寂的虚空中，

仅仅荡漾着这一些声音，音波散了，

便又回复它的永寂。

过去随谈

在中学校毕业是辛亥那一年。并不曾作升学的想头，理由很简单，因为家里没有供我升学的钱。那时的中学毕业生当然也有"出路问题"；不过像现在的社会评论家杂志编辑者那时还不多，所以没有现在这样闹闹嚷嚷的。偶然的机缘，我就当了初等小学的教员，与二年级的小学生做伴。钻营请托的况味没有尝过；照通常说，这是幸运。在以后的朋友中间有这么一位，因在学校毕了业将与所谓社会面对面，路途太多，何去何从，引起了甚深的怅惘；有一回偶游园林，看见澄清如镜的池塘，忽然心酸起来，强烈地萌生着就此跳下去完事的欲望。这样伤感的青年心情我可没有，小学教员是值得当的，我何妨当当，从实际说，这又是幸运。

小学教员一连当了十年，换过两次学校，在后面的两所学校里，都当高等班的级任；但也兼过半年幼稚班的课——幼稚班者，还够不上初等一年级，而又不像幼稚园儿童那样地被训练的，是学校里一个马马虎虎的班次。职业的兴趣是越到后来越好；因为后来几年中听到一些外来的教育理论和方法，自家也零零星星悟到一点儿，就拿来施行，而同事又是几位熟朋友的缘故。当时对于一般不知振作的同业颇有点儿看不起，以为他们德性上有污点；倘若大家能去掉污点，教育界一定会大放光彩的。

民国十年暑假后开始教中学生。那被邀请的理由有点儿滑稽。我曾经写些短篇小说刊载在杂志上。人家以为能写小说就是善于作文，善于作文当然也能教国文，于是我仿佛是颇为适宜的国文教师了。这情形到现在仍然不变，写过一些小说之类的往往被聘为国文教师，两者之间的距离似乎还不曾有人切实注意过。至于我舍小学而就中学的缘故，那是不言而喻的。

直到今年，曾经在五所中学三所大学当教员，教的都是国文；这一半是兼职，正当是书局编辑，连续七年有余了。大学教员我是不敢当的；我知道自己怎样没有学问，我知道大学教员应该怎样教他的科目，两相比并，我的不敢是真情。人家却说了："现在的大学，名而已！你何必拘拘？"我想这固然不错；但是从"尽其在我"的意义着想，不能因大学不像大学，我就不妨去当不像大学教员的大学教员。所惜守志不严，牵于友情，竟尔破戒。今年在某大学教"历代文选"，劳动节的下一天，接到用红铅笔署名"L"的警告信，大意说我教的那些古旧文篇，徒然助长反动势力，于学者全无益处，请即自动辞职，免讨没趣云云。我看了颇愤愤：若说我没有学问，我承认；说我助长反动势力，我恨反动势力恐怕比这位L先生更真切些呢；倘若认为教古旧文篇就是助长反动势力的实证，不必问对于文篇的态度如何，那么他该叫学校当局变更课程，不该怪到我。后来知道这是学校波澜的一个弧痕，同系的教员都接到L先生的警告信，措辞比给我的信更严重，我才像看到丑角的丑脸那样笑了。从此辞去不教；愿以后谨守所志，"直到永远"。

自知就所有的一些常识以及好嬉肯动的少年心情，当个小学或初中的教员大概还适宜。这自然是不往根柢里想去的说法；如往根柢里想去，教育对于社会的真实意义（不是世俗认为的那些意义）是什么，与教育相关的基本科学内容是怎样，从事教育技术上的训练该有哪些项目，关于这些，我就与大多数教员一样，知道得太少了。

二

作小说的兴趣可以说因中学时代读华盛顿·欧文的《见闻录》引起的。那种诗味的描写，谐趣的风格，似乎不曾在读过的一些中国文学里接触过；因此我想，作文要如此才佳妙呢。开头作小说记得是民国三年；投寄给小说周刊《礼拜六》，登出来了，就继续作了好多篇。到后来，"礼拜六派"是文学界中一个卑污的名称，无异"海派""黑幕派"等等。我当时的小说多写平凡的人生故事，同后来相仿佛，浅薄诚然有之，如何恶劣却不见得，虽然用的工具是文言，还不免贪懒用一些成语典故。作了一年多就停笔了，直到民国九年才又动手。是颉刚君提示的，他说在北京的朋友将办一种杂志，写一篇小说付去吧。从此每年写成几篇，一直不曾间断，只有今年是例外，眼前是十月将尽了，还不曾写过一篇呢。

预先布局，成后修饰，这一类 ABC 里所诏示的项目，总算尽可能的力实做的。可是不行；写小说的基本要项在乎有一双透彻观世的眼睛，而我的眼睛够不上；所以人家问我哪一篇最惬心时，我简直不能回答。为要写小说而训练自己的眼睛固可不必；但眼睛的训练实在是生活的补剂，因此我愿意对这方面致力。如果致力而有进益，由进益而能写出些比较可观的文篇，自是我的欢喜。

为什么近来渐渐少写，到今年连一篇也没有写呢？有一个浅近的比喻，想来倒很确切的。一个人新买一具照相机，不离手地对光，扳机，卷干片，一会儿一打干片完了，就装进一打，重又对光，扳机，卷干片。那时候什么对象都是很好的摄影题材；小妹妹靠在窗沿憨笑，这有天真之趣，照它一张；老母亲捧着水烟袋抽吸，这有古朴之致，照它一张；出外游览，遇到高树、流水、农夫、牧童，颇浓的感兴立刻涌起，当然不肯放过，也就逐一照它一张，洗出来时果能成一张像样的照相与否似乎不关紧要，最热心的是"嗒"地一扳；面前是一个对象，对着它"嗒"地扳了，这就很满足了。但是，到后来却有相度了一番终于收起镜箱来的时候。爱惜干片么？也可以说是，然而不是。只因希求于照相的条件比以前多了，意味要深长，构图要适宜，明暗要美妙，还有其他等等，相度下来如果不能应合这些条件，宁可收起镜箱了事；这时候，徒然一扳被视为无意义了。我从前多写只是热心于一扳，现在却到了动辄收起镜箱的境界，是自然的历程。

三

《中学生》主干曾嘱我说些自己修习的经历，如如何读书之类。我很惭愧，自计到今为止，没有像模像样读过书，只因机缘与嗜好，随时取一些书来看罢了。读书既没有系统，自家又并无分析和综合的识力，不能从书的方面多得到什么是显然的。外国文字呢？日文曾经读过葛祖兰氏的《自修读本》两册，但是像劣等学生一样，现在都还给老师了。至于英文，中学时代读得不算浅，读本是文学名著，文法读到纳司菲尔的第四册呢；然而结果是半通不通，到今看电影字幕还不能完全明白。（我觉得读英文而结果如此的实在太多了。多少的精神和时间，终于不能完全看明白电影字幕！正在教英文读英文的可以反省一下了。）不去彻底修习，达到全通真通，当然是自家的不是；可是学校对于学生修习各项科目都应定一个毕业的最低限度，一味胡教而不问学生果否达到了最低限度，这不能不怪到学校了。外国文字这一工具既然不能使用，要接触些外国的东西只好看看译品，这就与专待喂养的婴孩同样可怜，人家不翻译，你就没法想。说到译品，等类颇多。有些是译者实力不充而硬欲翻译的，弄来满盘都错，使人怀疑外国人的思想话语为什么会这样奇怪不依规矩。有些据说为欲忠实，不肯稍事变更原文语法上的结构，就成为中国文字写的外国文。这类译品若请专读线装书的先生们去看，一定回答"字是个个识得的，但是不懂得这些字凑合在一起说些什么"。我总算能够硬看下去，而且大致有点儿懂，这不能不归功于读过两种读如未读的外国文。最近看到东华君译的《文学之社会学的批评》，清楚流畅，义无隐晦，以为译品像这个样子，庶几便于读者。声明一句，我不是说这本书就是翻译的模范作；我没有这样狂妄，会自认有评判译品高下的能力。

说起读书，十年来颇看到一些人，开口闭口总是读书，"我只想好好儿念一些书"，"某地方一个图书馆都没有，我简直过不下去"，"什么事都不管，只要有书读，我就满足了"，这一类话时时送到我的耳边；我起初肃然起敬，既而却未免生厌。那种为读书而读书的虚矫，那种认别的什么都不屑一做的傲慢，简直自封为人间的特殊阶级，同时给与旁人一种压迫，仿佛唯有他们是人间的智慧的笃爱者。读书只是至为平常的事而已，犹如吃饭睡觉，何必作为一种口号，唯恐不遍地到处宣传。况且所以要读书，从哲学以至于动植矿，就广义说，无非要改进人间的生活。光是"读"决非终极的目的。而那些"读书""读书"的先生们似乎以为光是"读"最了不起，生活云云不在范围以内；这也引起我的反感。我颇想标榜"读书非究竟义谛主义"——当然只是想想罢了，宣言之类并未写过。或者有懂得心理分析的人能够说明我之所以有这种反感，由于自家的头脑太俭了，对于书太疏阔了，因此引起了嫉妒，而怎样怎样的理由是非意识地文饰那嫉妒的丑脸的。如果被判定如此，我也不想辩解，总之我确然曾有这样的反感。至于那些将读书作口号的先生们是否真个读书，我不得而知；可是有一层，从其中若干人的现况上看，我的直觉的批评成为客观的真实了。他们果然相信自己是人间智慧的宝库，无所不知，无所不能，得便时抛开了为读书而读书的招牌，就不妨包办一切；他们俨然承认自己是人间的特殊阶级，虽在极微细的一谈笑之顷，总要表示外国人提出来的"高等华人"的态度。读书的口号，包办一切，"高等华人"，这其间仿佛有互相纠缠的关系似的。

四

我与妻结婚是由人家做媒的，结婚以前没有会过面，也不曾通过信。结婚以后两情颇投合，那时大家当教员，分散在两地，一来一往的信在半途中碰头，写信等信成为盘踞心窝的两件大事。到现在十四年了，依然很爱好。对方怎样的好是彼此都说不出的，只觉很合适，更合适的情形不能想象，如是而已。

这样打彩票式的结婚当然很危险的，我与妻能够爱好也只是偶然；迷信一点儿说，全凭西湖白云庵那位月下老人。但是我得到一种便宜，不曾为求偶而眠思梦想，神魂颠倒；不曾沉溺于恋爱里头，备尝甜酸苦辣各种滋味。图得这种便宜而去冒打彩票式的结婚的险，值得不值得固难断言；至少，青年期的许多心力和时间是挪移了过来，可以去对付别的事了。

现在一般人不愿冒打彩票式的结婚的险是显然的，先恋爱后结婚成为普遍的信念。我不菲薄这种信念，它的流行也有所谓"必然"。我只想说那些恋爱至上主义者，他们得意时谈心，写信，作诗，看电影，游名胜；失意时伤心，流泪，作诗（充满了惊叹号），说人间最不幸的只有他们，甚至想投黄浦江；像这样把整个生命交给恋爱，未免可议。这种恋爱只配资本家的公子"名门"的小姐去玩的。他们享用的是他们的父亲祖先剥削得来的钱，他们在社会上的地位在未入母腹时早就安排停当，他们看世界非常太平，没有一点儿问题；闲暇到这样地步却也有点儿难受，他们于是就恋爱这个题目，弄出一些悲欢哀乐来，总算在他们空白的生活录上写下了几行。如果不是闲暇到这样的青年男女也想学步，那唯有障碍自己的进路，减损自己的力量而已。

人类不灭，恋爱也永存。但是恋爱各式各样。像公子小姐们玩的恋爱，让它"没落"吧！

1930年10月29日

客　语

侥幸万分的竟然是晴明的正午的离别。

"一切都安适了，上岸回去吧，快要到开行的时刻了。"似乎很勇敢地说了出来，其实呢，处此境地，就不得不说这样的话。但也不是全不出于本心。梨与香蕉已经买来给我了，话是没有什么可说了，夫役的扰攘，小舱的郁蒸，又不是什么足以赏心的，默默地挤在一起，徒然把无形的凄心的网织得更密罢了，何如早点儿就别了呢？

不可自解的是却要送到船栏边，而且不止于此，还要走下扶梯送到岸上。自己不是快要起程的旅客么？竟然充起主人来。主人送了客，回头踱进自己的屋子，看见自己的人。可是现在——现在的回头呢？

并不是懦怯，自然而然看着别的地方，答应"快写信来"那些嘱咐。于是被送的转身举步了。也不觉得什么，只仿佛心里突然一空似的（老实说，摹写不出了）。随后想起应该上船，便跨上扶梯；同时用十个指头梳满头散乱的头发。

倚着船栏，看岸上的人去得不远，而且正回身向这里招手。自己的右手不待命令，也就飞扬跋扈地舞动于头顶之上。忽地觉得这刹那间这个境界很美，颇堪体会。待再望岸上人，却已没有踪迹，大概拐了弯赶电车去了。

没有经验的想象往往是外行的，待到证实，不免自己好笑。起初以为一出吴淞口便是苍茫无际的海天，山头似的波浪打到船上来，散为裂帛与抛珠，所以只是靠着船栏等着。谁知出了口还是似尽又来的沙滩，还是一抹连绵的青山，水依然这么平，船依然这么稳。若说眼界，未必开阔了多少，却觉空虚了好些，若说趣味，也不过与乘内河小汽轮一样。于是失望地回到舱里，爬上上层自己的铺位，只好看书消遣。下层那位先生早已有时而猝发的鼾声了。

实在没有看多少页书，不知怎么也蒙眬起来了。只有用这"蒙眬"二字最确切，因为并不是睡着，汽机的声音和船身的微荡，我都能够觉知，但仅仅是觉知，再没有一点思想一毫情绪。这蒙眬仿佛剧烈的醉，过了今夜，又是明朝，只是不醒，除了必要坐起来几回，如吃些饼干牛肉香蕉之类，也就任其自然——连续地蒙眬着。

这不是摇篮里的生活么？婴儿时的经验固然无从回忆，但是这样只有觉知而没有思想没有情绪，该有点儿相像吧。自然，所谓离思也暂时给假了。

向来不曾亲近江山的，到此却觉得趣味丰富极了。书室的窗外，只隔一片草场，闲闲地流着闽江。彼岸的山绵延重叠，有时露出青翠的新妆，有时披上轻薄的雾帔，有时不知从什么地方来了好些云，却与山通起家来，于是更见得那些山郁郁然有奇观了。窗外这草场差不多是几十头羊与十条牛的领土。看守羊群的人似乎不主张放任主义的，他的部民才吃了一顿，立即用竹竿驱策着，叫它们回去。时时听得仿佛有几个人在那里割草的声音，便想到这十头牛特别自由，还是在场中游散。天天喝的就是它们的奶，又白又浓又香，真是无上的恩惠。

卧室的窗对着山麓，望去有裸露的黑石，有矮矮的松林，有泉水冲过的涧道。间或有一两个人在山顶上樵采，形体渺小极了，看他们在那里运动着，便约略听得微茫的干草瑟瑟的声响。这仿佛是古代的幽人的境界，在什么诗篇什么画幅里边遇见过的。暂时充当古代的幽人，当然有些新鲜的滋味。

月亮还在山的那边，仰望山谷，苍苍的，暗暗的，更见得深郁。一阵风起，总是锐利的一声呼啸一般，接着便是一派松涛。忽然忆起童年的情景来：那一回与同学们远足天平山，就在高义园借宿，稻草衬着褥子，横横竖竖地躺在地上。半夜里醒来了，一点儿光都没有，只听得洪流奔放似的声音，这声音差不多把一切包裹起来了；身体颇觉寒冷，因而把被头裹得更紧些。从此再也不想睡，直到天明，只是细辨那喧而弥静静而弥旨的滋味。三十年来，所谓山居就只有这么一回。而现在又听到这声音了，虽然没有那夜那么宏大，但是往后的风信正多，且将常常更甚地听到呢。只不知童年的那种欣赏的心情能够永永持续否……

这里有秋虫，有很多的秋虫，没有秋虫的地方究竟是该诅咒的例外。躺在床上听听，真是奇妙的合奏，有时很繁碎，有时很凝集，而总觉得恰合刚好，足以娱耳。中间有一种不知名的虫，它们的声音响亮而曼长，像是弦乐，而且引起人家一种想象，仿佛见到一位乐人在那里徐按慢抽地演奏。

松声与虫声渐渐地轻微又轻微，终于消失了……

仓前山差不多一座花园，一条路，一丛花，一所房屋，一个车夫，都有诗意。尤其可爱的是晚阳淡淡的时候，礼拜堂里送出一声钟响，绿荫下走过几个张着花纸伞的女郎。

跟着绍虞夫妇前山后山地走，认识了两相仿佛的荔枝树与龙眼树，也认识了长髯飘飘的生着气根的榕树，眺望了我们所住的那座山，又看了胭脂似的西边的暮云，于是坐在路旁的砖砌的矮栏上休息。渐渐地，四围昏暗了，远处的山只像几笔极淡的墨痕染渍在灰色的纸上。乡间的女人匆匆地归去，走过我们身边，很自然地向我们看一看。那种浑朴的意态，那种奇异的装束（最足注目的是三支很长的银发钗，像三把小剑，两横一竖地把发髻拢住，我想，两个人并肩走时，横插的剑锋会划着旁人的头发），都使我想到古代的人。同时又想，什么现代精神，什么种种的纠纷，都渺茫得像此刻的远山一样，仿佛沉在梦幻里了。

中秋夜没有月，这倒很好，我本来不希望看什么中秋月。与平常没有月亮的晚上一样，关在书室里，就美孚灯光下做了一点功课，就去睡了。

第二天的傍晚，满天是云，江面黯然。西风震动窗棂，"吉格"作响。突然觉得寂寥起来，似乎无论怎样都不好。

但是又不能什么都不，总要在这样那样里占其一，这时候我占的是倚窗怅望。然而怅望又有什么意思呢？

绍虞似乎有点儿揣度得出，他走来邀我到江边去散步。水波被滩石所挡，激触有声。还有广遍而轻轻的风一般的音响平铺在江面上，潮水又退出去了。便随口念旧时的诗句：

潮声应未改，客绪已频更。

七年以前，我送墨林去南通。出得城来，在江滨的客店里歇宿候船，却成了独客。荒凉的江滨晚景已够叫人怅怅，又况是离别开始的一晚，真觉得百无一可了。聊学雅人口占一诗，借以排遣。现在这两句就是这一首诗里的。唉，又是潮声，又是客绪！

所谓客绪，正像冬天的浓云一般，风吹不散，只是越凝集越厚，散步的药又有什么用处。回到屋里，天差不多黑了，我们暂时不点火，就在昏暗中坐下。我说："介泉在北京常说，在暮色苍茫之际，炉火微明，默然小坐，别有滋味。"绍虞接应了一声就不响了。很奇怪，何以我和他的声音都特别寂寞，仿佛在一个广大的永寂的虚空中，仅仅荡漾着这一些声音，音波散了，便又回复它的永寂。

想来介泉所说的滋味，一定带着酸的。他说"别有"，诚然是"别有"，我能够体会他的意思了。

点灯以后，居然送来了切盼而难得的邮件，昨天有一艘轮船到这里了。看了第一封，又把心挤得紧一点。第二封是平伯的，他提起我前几天作的一篇杂记，说："……此等事终于无可奈何，不呻吟固不可，作呻吟又觉陷于怯弱。总之，无一而可，这是实话。……"

似乎觉得这确是怯弱，不要呻吟吧。

但是还是去想，呻吟为了什么？恋恋于故乡么？故乡之足以恋恋的，差不多只有藕与莼菜这些东西了，又何至于呻吟？恋恋于鹁鸪箱似的都市里的寓居么？既非鹁鸪，又何至于因为飞开了而呻吟？老实地说，简括地说，只因一种愿与最爱与同居的人同居的心情，忽然不得满足罢了。除了与最爱与同居的人同居，人间的趣味在哪里？因为不得满足而呻吟，正是至诚的话，有什么怯弱不怯弱？那么，又何必不要呻吟呢？

呻吟的心本来如已着了火的燃料，浓烟郁结，正待发焰。平伯的信恰如一根火柴，就近一引，于是炽盛地燃烧起来了……

1923 年 10 月 1 日

"生活教育"

——怀念陶行知先生

关于教育的见解，千差万别，可是扼要地区别起来，也很简单，大致可以分为相反的两派。就教育的目标说，一派希望受教育者成为工具，另一派希望受教育者成为人，独立不倚的人，不比任何人卑微浅陋的人。就教育的理解说，一派认为受教育者像个空瓶子，其中一无所有，开着瓶口等待把东西装进去，另一派认为受教育者自有发掘探讨的能力，这种能力只待培养，只待启发，教育事业并非旁的，就只是做那培养和启发的工作。就教育的方法说，一派注重记诵，使受教育者无条件地吞下若干东西，另一派注重创发，不但使受教育者吞下若干东西，尤其重要的在使受教育者消化那些东西，化为自身的新血液，新骨肉。以上说的目标，理解，方法三项是一致的。前一派希望受教育者成为工具，就不能不把他们认作空瓶子，要他们无条件地吞下若干东西。后一派希望受教育者成为人，自然要把他们当人看待，自然要把培养能力启发智慧作为教育的任务，自然要竭力使他们长成新血液，新骨肉。就受教育者的方面说，受前一派的教育是"为人"，有人需要一批工具，你是应命准备去做工具，不是"为人"是什么？受后一派的教育是"为己"，"古之学者为己"的"为己"，发展智能，一辈子真实受用，这种教育就是陶行知先生所说的"生活教育"。

在皇帝的时代，在法西斯的国家，当然推行前一派的教育。皇帝要人民作工具供养他，法西斯机构要人民作工具拥护它，势所必然把教育作为造成工具的手段。但是，皇帝早已推翻了，法西斯已经打垮了，在人民的世纪中，人人要做独立不倚的人，不比任何人卑微浅陋的人，就必须推行后一派的教育，如陶行知先生所说的"生活教育"。

放眼看我国当前的教育，无论认识方面，表现方面，都还脱不出前一派的窠臼。教育原不是孤立的事项，有这么样的中国，就有如现在模样的教育。有人说，要把教育办好了，才可以把中国弄好。这自然见出对于教育的热诚和切望，可是实做起来未必做得通。还是调转来说，要把中国弄好了，才可以脱出前一派教育的窠臼，彻头彻尾地推行后一派的教育。所以陶行知先生一方面竭力提倡"生活教育"，一方面身任民主运动的先锋。现在推行"生活教育"，不怕艰难，不避危害，当然也有成就，那成就对于中国的弄好也大有帮助。然而那成就只是一点一滴的，要收到普遍的效果，要使人人受到充实自己、发展自己的教育，总得在中国真正弄好了之后。

担任教育工作的人多极了，人的聪明才智，一般说来是相去不远的，然而像陶行知先生那样提倡并且推行"生活教育"的有几人？像陶行知先生那样认清教育与其他事项的关系，献身于民主运动的又有几人？安得陶行知先生的精神化而为千，化而为万，整个教育界的人都把陶行知先生作为楷模，使中国与中国的教育一改旧观啊！

1946 年 11 月

两法师

在到功德林去会见弘一法师的路上，怀着似乎从来不曾有过的洁净的心情；也可以说带着渴望，不过与希冀看一出著名的电影剧等的渴望并不一样。

弘一法师就是李叔同先生，我最初知道他在民国初年；那时上海有一种《太平洋报》，其艺术副刊由李先生主编，我对于副刊所载他的书画篆刻都中意。以后数年，听人说李先生已经出了家，在西湖某寺。游西湖时，在西泠印社石壁上见到李先生的"印藏"。去年子恺先生刊印《子恺漫画》，丏尊先生给它作序文，说起李先生的生活，我才知道得详明些；就从这时起，知道李先生现在称弘一了。

于是不免向子恺先生询问关于弘一法师的种种。承他详细见告。十分感兴趣之余，自然来了见一见的愿望，就向子恺先生说了。"好的，待有机缘，我同你去见他。"子恺先生的声调永远是这样朴素而真挚的。以后遇见子恺先生，他常常告诉我弘一法师的近况：记得有一次给我看弘一法师的来信，中间有"叶居士"云云，我看了很觉惭愧，虽然"居士"不是什么特别的尊称。

前此一星期，饭后去上工，劈面来三辆人力车。最先是个和尚，我并不措意。第二是子恺先生，他惊喜似的向我颠头。我也颠头，心里就闪电般想起"后面一定是他"。人力车夫跑得很快，第三辆一霎经过时，我见坐着的果然是个和尚，清癯的脸，颔下有稀疏的长髯。我的感情有点激动，"他来了！"这样想着，屡屡回头望那越去越远的车篷的后影。

第二天，就接到子恺先生的信，约我星期日到功德林去会见。

是深深尝了世间味，探了艺术之宫的，却回过来过那种通常以为枯寂的持律念佛的生活，他的态度该是怎样，他的言论该是怎样，实在难以悬揣。因此，在带着渴望的似乎从来不曾有过的洁净的心情里，还揉着些惝怳的成分。

走上功德林的扶梯，被侍者导引进那房间时，近十位先到的恬静地起立相迎。靠窗的左角，正是光线最明亮的地方，站着那位弘一法师，带笑的容颜，细小的眼眸子放出晶莹的光。丏尊先生给我介绍之后，叫我坐在弘一法师的侧边。弘一法师坐下来之后，就悠然数着手里的念珠。我想一颗念珠一声"阿弥陀佛"吧。本来没有什么话要向他谈，见这样更沉入近乎催眠状态的凝思，言语是全不需要了。可怪的是在座一些人，或是他的旧友，或是他的学生，在这难得的会晤时，似乎该有好些抒情的话与他谈，然而不然，大家也只默然不多开口。未必因僧俗殊途，尘净异致，而有所矜持吧。或许他们以为这样默对一二小时，已胜于十年的晤谈了。

晴秋的午前的时光在恬然的静默中经过，觉得有难言的美。

随后又来了几位客，向弘一法师问几时来的，到什么地方去那些话。他的回答总是一句短语；可是殷勤极了，有如倾诉整个心愿。

因为弘一法师是过午不食的，十一点钟就开始聚餐。我看他那曾经挥洒书画弹奏钢琴的手郑重地夹起一荚豇豆来，欢喜满足地送入口中去咀嚼的那种神情，真惭愧自己平时的乱吞胡咽。

"这碟子是酱油吧?"

以为他要酱油，某君想把酱油碟子移到他前面。

"不，是这个日本的居士要。"

果然，这位日本人道谢了，弘一法师于无形中体会到他的愿欲。

石岑先生爱谈人生问题，著有《人生哲学》，席间他请弘一法师谈些关于人生的意见。

"惭愧，"弘一法师虔敬地回答，"没有研究，不能说什么。"

以学佛的人对于人生问题没有研究，依通常的见解，至少是一句笑话。那么，他有研究而不肯说么？只看他那殷勤真挚的神情，见得这样想时就是罪过。他的确没有研究。研究云者，自己站在这东西的外面，而去爬剔、分析、检察这东西的意思。像弘一法师，他一心持律，一心念佛，再没有站到外面去的余裕。哪里能有研究呢？

我想，问他像他这样的生活，觉得达到了怎样一种境界，或者比较落实一点儿。然而健康的人不自觉健康，哀乐的当时也不能描状哀乐；境界又岂是说得出的。我就把这意思遣开；从侧面看弘一法师的长髯以及眼边细密的皱纹，出神久之。

饭后，他说约定了去见印光法师，谁愿意去可同去。印光法师这个名字知道得很久了，并且见过他的文抄，是现代净土宗的大师，自然也想见一见。同去者计七八人。

决定不坐人力车，弘一法师拔脚就走，我开始惊异他步履的轻捷。他的脚是赤着的，穿一双布缕缠成的行脚鞋。这是独特健康的象征啊，同行的一群人哪里有第二双这样的脚。

惭愧，我这年轻人常常落在他背后。我在他背后这样想：

他的行止笑语，真所谓纯任自然，使人永不能忘。然而在这背后却是极严谨的戒律。丏尊先生告诉我，他曾经叹息中国的律宗有待振起，可见他是持律极严的。他念佛，他过午不食，都为的持律。但持律而到达非由"外铄"的程度，人就只觉得他一切纯任自然了。

似乎他的心非常之安，躁愤全消，到处自得；似乎他以为这世间十分平和，十分安静，自己处身其间，甚而至于会把它淡忘。这因为他把所谓万象万事划开了一部分，而生活在留着的一部分内之故。这也是一种生活法，宗教家大概采用这种生活法。

他与我们差不多处在不同的两个世界。就如我，没有他的宗教的感情与信念，要过他那样的生活是不可能的。然而我自以为有点儿了解他，而且真诚地敬服他那种纯任自然的风度。哪一种生活法好呢？这是愚笨的无意义的问题。只有自己的生活法好，别的都不行，夸妄的人却常常这么想。友人某君曾说他不曾遇见一个人他愿意把自己的生活与这个人对调的，这是踌躇满志的话。人本来应当如此，否则浮漂浪荡，岂不像没舵之舟。然而某君又说尤其要紧的是同时得承认别人也未必愿意与我对调。这就与夸妄的人不同了；有这么一承认，非但不菲薄别人，并且致相当的尊敬。彼此因观感而潜移默化的事是有的。虽说各有其生活法，究竟不是不可破的坚壁；所谓圣贤者转移了什么什么人就是这么一回事。但是板着面孔专事菲薄别人的人决不能转移了谁。

到新闸太平寺，有人家借这里办丧事，乐工以为吊客来了，预备吹打起来。及见我们中间有一个和尚，而且问起的也是和尚，才知道误会，说道："他们都是佛教里的。"

寺役去通报时，弘一法师从包袱里取出一件大袖僧衣来（他平时穿的，袖子与我们的长衫袖子一样），恭而敬之地穿上身，眉宇间异样的静穆。我是欢喜四处看望的，见寺役走进去的沿街的那个房间里，有个躯体硕大的和尚刚洗了脸，背部略微佝着，我想这一定就是了。果然，弘一法师头一个跨进去时，就对这位和尚屈膝拜伏，动作严谨且安详。我心里肃然。有些人以为弘一法师该是和尚里的浪漫派，看见这样可知完全不对。

印光法师的皮肤呈褐色，肌理颇粗，一望而知是北方人；头顶几乎全秃，发光亮；脑额很阔；浓眉底下一双眼睛这时虽不戴眼镜，却用戴了眼镜从眼镜上方射出眼光来的样子看人，嘴唇略微皱瘪，大概六十左右了。弘一法师与印光法师并肩而坐，正是绝好的对比，一个是水样的秀美，飘逸，一个是山样的浑朴，凝重。

弘一法师合掌恳请了："几位居士都欢喜佛法，有曾经看了禅宗的语录的，今来见法师，请有所开示，慈悲，慈悲。"

对于这"慈悲，慈悲"，感到深长的趣味。

"嗯，看了语录。看了什么语录？"印光法师的声音带有神秘味。我想这话里或者就藏着机锋吧。没有人答应。弘一法师就指石岑先生，说这位先生看了语录的。

石岑先生因说也不专看哪几种语录，只曾从某先生研究过法相宗的义理。

这就开了印光法师的话源。他说学佛须要得实益，徒然嘴里说说，作几篇文字，没有道理；他说人眼前最紧要的事情是了生死，生死不了，非常危险；他说某先生只说自己才对，别人念佛就是迷信，真不应该。他说来声色有点儿严厉，间以呵喝。我想这触动他旧有的愤愤了。虽然不很清楚佛家的"我执""法执"的涵蕴是怎样，恐怕这样就有点儿近似。这使我未能满意。

弘一法师再作第二次恳请，希望于儒说佛法会通之点给我们开示。

印光法师说二者本一致，无非教人父慈子孝兄友弟恭等等。不过儒家说这是人的天职，人若不守天职就没有办法。佛家用因果来说，那就深奥得多。行善就有福，行恶就吃苦。人谁愿意吃苦呢？——他的话语很多，有零星的插话，有应验的故事，从其间可以窥见他的信仰与欢喜。他显然以传道者自任，故遇有机缘不惮尽力宣传；宣传家必有所执持又有所排抵，他自也不免。弘一法师可不同，他似乎春原上一株小树，毫不愧怍地欣欣向荣，却没有凌驾旁的卉木而上之的气概。

在佛徒中，这位老人的地位崇高极了，从他的文抄里，见有许多的信徒恳求他的指示，仿佛他就是往生净土的导引者。这想来由于他有很深的造诣，不过我们不清楚。但或者还有别一个原因。一般信徒觉得那个"佛"太渺远了，虽然一心皈依，总不免感到空虚；而印光法师却是眼睛看得见的，认他就是现世的"佛"，虔敬崇奉，亲接謦欬，这才觉得着实，满足了信仰的欲望。故可以说，印光法师乃是一般信徒用意想来装塑成功的偶像。

弘一法师第三次"慈悲，慈悲"地恳求时，是说这里有讲经义的书，可让居士们"请"几部回去。这个"请"

字又有特别的味道。

房间的右角里，装订作坊似的，线装、平装的书堆着不少；不禁想起外间纷纷飞散的那些宣传品。由另一位和尚分派，我分到黄智海演述的《阿弥陀经白话解释》，大圆居士说的《般若波罗蜜多心经口义》，李荣祥编的《印光法师嘉言录》三种。中间《阿弥陀经白话解释》最好，详明之至。

于是弘一法师又屈膝拜伏，辞别。印光法师颠着头，从不大敏捷的动作上显露他的老态。待我们都辞别了走出房间，弘一法师伸两手，郑重而轻捷地把两扇门拉上了。随即脱下那件大袖的僧衣，就人家停放在寺门内的包车上，方正平帖地把它折好包起来。

弘一法师就要回到江湾子恺先生的家里，石岑先生予同先生和我就向他告别。这位带有通常所谓仙气的和尚，将使我永远怀念了。

我们三个在电车站等车，滑稽地使用着"读后感"三个字，互诉对于这两位法师的感念。就是这一点，已足证我们不能为宗教家了，我想。

1927 年 10 月 8 日

几种赠品

两个月前，接到厦门寄来一封信。拆开来看，是不相识的广洽和尚写的；附带赠给我一张弘一法师最近的相片。信上说我曾经写过那篇《两法师》，一定乐于得到弘一法师的相片。料知人家欢喜什么，就让人家享有那种欢喜，遥远的阻隔不管，彼此还没相识也不管！这种情谊是非常可感的。我立刻写信回答广洽和尚；说是谢，太浮俗了，我表示了永远感激的意思。

相片是六寸的，并非"艺术照相"，布局也平常，跟身旁放着茶几，茶几上供着花盆茶盅的那些相片差不多。寺院的石墙作为背景，正受阳光，显得很亮；靠左一个石库门，门开着，画面就有了乌黑的长方形。地上铺着石板，平，干净。近墙种一棵树，比石库门高一点儿，平行脉叶很阔大，不知道是什么；根旁用低低的石栏围成四方形，栏内透出些兰草似的东西。一张半桌放在树前面，铺着桌布；陈设的是两叠经典，一个装着画佛的镜框子，还有一个花瓶，瓶里插着菊科的小花。这真所谓一副拍照的架子；依弘一法师的艺术眼光看来，也许会嫌得太呆板了；然而他对不论什么都欢喜满足，人家给他这样布置了请他坐下来的时候，他大概连连地说"好的，好的"吧。他端坐在半桌的左边；披着袈裟，折痕很明显；右手露出在袖外，拈着佛珠；脚上还是穿着行脚僧的那种布缕纽成的鞋。他现在不留胡须了，嘴略微右歪，眼睛细小，两条眉毛距离得很远；比较前几年，他显得老了，可是他的微笑里透露出更多的慈祥。相片上题着十个字："甲戌九月居晋水兰若造"，是他的亲笔；照相师给印在前方垂下来的桌布上，颇难看。然而，我想，他看见的时候，大概也是连连地说"好的，好的"吧。

收到了照片以后不多几天，弘一法师托人带来两个瓷碟，送给丏尊先生跟我。郑重地封裹着，一张纸里面又是一张纸；纸面写上嘱咐的话，请带来的人不要重压。贴着碟子有个字条子："泉州土产瓷碟二个，绘画美丽，堪与和兰瓷媲美，以奉丏尊圣陶二居士清赏。一音。"书法极随便，不像他写经语佛号的字幅那样谨严，然而没有一笔败笔，通体秀美可爱。

瓷碟子的直径大约三寸，土质并不怎样好，涂上了釉，白里泛点儿青；跟上海缸甏店里出卖的最便宜的碗碟差不多。中心画着折枝；三簇叶子像竹叶，另外几簇却又像蔷薇；花三朵，都只有阔大的五六瓣，说不来像什么；一只鸟把半朵花掩没了，全身轮廓作半月形，翅膀跟脚都没有画。叶子着的淡绿；花跟鸟头淡朱；鸟身和鸟眼是几乎辨不清的淡黄。从笔姿跟着色看，很像小学生的美术课成绩。和兰瓷是怎样的，我没有见过；只觉得这碟子比那些金边的画着工细的山水人物的可爱。可爱在哪里，贪图省力的回答自然只消说"古拙"二字；要说得精到些，恐怕还有旁的道理呢。

前面说起照片，现在再来记述一张照片。贺昌群先生游罢华山，寄给我一张十二寸的放大片。前几年他在上海，亲手照的相我见过好些，这一张该是他的"得意之作"了。

这一张是直幅，左边峭壁，右边白云，把画面斜分成两半。一条栈道从左下角伸出来，那是在山壁上凿成的仅能通过一个人的窄路；靠右歪斜地立着木栏杆，有几个人扶着木栏杆向上走。路一转往左，就只见深黑的一条裂缝；直到将近左上角，给略微突出的石壁遮没了。后面的石壁有三四处极大的凹陷，都深黑，使人想那些也许是古怪的洞穴。所有的石壁完全赤裸裸的，只后面的石壁的上部挺立着一丛柏树：枝条横生，疏疏落落地点缀着细叶，类似"国画"的笔法。右边半幅白云微微显出浓淡；右上角还有两搭极淡的山顶，这就不嫌寂寞，勾引人悠远的想象。——这里叫作长空栈，是华山有名的险峻处所。

最近接到金叶女士封寄的两颗红豆。附信大意说，家乡寄来一些红豆，同学看见了，一抢而光。这两颗还是偷偷地藏起来的，因为好玩，就寄给我。过一些时，还要变得鲜艳呢。从小读"红豆生南国"的诗，就知道红豆这个名称，可是没有见过实物。现在金叶女士使我长些见识，自然欢喜。

红豆作扁荷包形，跟大豆蚕豆绝不相像。皮朱红色，光泽；每面有不规则形的几搭略微显得淡些。一条洁白的脐生在荷包开口的部分，像小孩的指甲。红豆向来被称为树，而有这生在荚内的果实，大概是紫藤一般的藤本。豆粒很坚硬，听说可以久藏。如果拿来镶戒指，倒是别有意趣的。

这里记述了近来得到的几种赠品。比起名画跟古董来，这些东西尤其可贵，因为这些东西浸渍着深厚的情谊。

1935年

回忆瞿秋白先生

认识秋白先生大约在民国十一二年间，常在振铎兄的寓所里碰见。谈锋很健，方面很广，常有精辟的见解。我默默地坐在旁边听，领受新知异闻着实不少。他的身子不怎么好，瘦瘦的胳膊，细细的腰身，一望而知是肺病的样子。可是他似乎不甚措意这个。曾经到他顺泰里的寓所去过，看见桌上"拍勒托"跟白兰地的瓶子并排摆着，谈得有劲就斟一杯白兰地。

他离开了上海就没有再见着他，只从报上知道他的消息。后来他给《中学生》写过稿子，篇名现在记不起了，是从朋友手里辗转递来的，不知道他是不是秘密地住在上海。那稿子好像是斥责托洛斯基的。最后知道他被捕了，被杀了。直到今年碰见之华，之华告诉我秋白先生有一些材料，遗嘱说可以交给我，由我作小说。之华没有说明是什么样的材料，我也没有追问。我自己知道我作小说是不成的，先前胆大妄为，后来稍稍懂得其中的甘苦，就觉得见识跟功夫都够不上，再不敢胡乱欺人。因而听见有一些材料的话，也引不起姑且来试试的野心。

鲁迅先生编辑秋白先生的《海上述林》是大可令人感动的。搜辑，编排，校对，装帧，一丝不苟，事事躬亲，这中间贯彻着超过寻常友谊的崇高精神。朋友们分到一部，读了秋白先生的大部分述作，也感染了这种崇高精神。鲁迅先生写赠秋白先生的集句对联道："人生得一知己足矣，斯世当以同怀视之"。这副对联挂在许广平先生上海寓所的客室里。每一次抬头观玩，就觉得他们两位精心研讨，唯愿文化普及而且提高的情景如在目前，自然使人志愿奋发，不敢贪懒。——可惜我的一部《海上述林》在抗战期间给人拿走了。

《乱弹及其他》还是最近才借到的，翻过一下，没有细看，这中间谈到拼音文字的问题，写作上运用语言的问题。中国文字拉丁化的字母是秋白先生选定的。写作上运用的语言，在白话文运动当时没有详细研讨，大家各随其便，保持文言的语汇跟句式，仿效欧洲的语汇跟句式，只不过换上些"的了吗呢"，结果成了一种能看而不便说不便听的语言，跟文言一样。没有想到改革应该改换个源头，文言的源头在目。改换过来就得在口在耳，才能够切合当前的生活，表达现代的心声。到如今，不满意白话文的人多起来了，要写俗话，要写工农大众的语言。如果推究关心这个问题谁最早，就要数秋白先生了。

他的全集必须好好地编，分类要分得精密，排次要按时期先后，校对要像鲁迅先生那样认真，还要有翔实的传记或者年谱。

驾　长

白木船上的驾长就等于轮船上的大副，他掌着舵。

一个晚上，我们船上的驾长喝醉了。他年纪快五十，喝醉了就唠唠叨叨有说不完的话。那天船歇在云阳，第二天要过好几个滩。他说推桡子的不肯卖力，前几天过滩，船在水面打了个转，这不是好耍的。他说性命是各人的，他负不了这个责。当时就有个推桡子的顶他："'行船千里，掌舵一人'，你舵没有把稳，叫我们推横桡的怎么办！"

在大家看来，驾长是船上顶重要的人物。我们雇木船的时候，担心到船身牢实不牢实。船老板说："船不要紧，人要紧。只要请的人对头，再烂的船也能搞下去。"他说的"人"大一半儿指的驾长。船从码头开出，船老板就把他的一份财产全部交给驾长了，要是他跟着船下去，连他的性命也交给了驾长。乘客们呢？得空跟驾长聊几句，晚上请他喝几杯大曲。"巴望他好好儿把我们送回去吧，好好儿把我们送回去吧。"

舵在后舱，一船的伙计就只有驾长在后舱做活路。我们见着驾长的时候最多，对于驾长做的活路比较熟悉。一清早，我们听驾长爬过官舱的顶篷到后舱的顶篷，一手把后舱的一张顶篷揭起，一片亮就透进舱来。我们看他把后舱的顶篷全收了，拿起那块长长的蹬板搁在两边舱壁上，一脚蹬上去，手把住舵。于是前面的桡夫就下篙子，船撑开了。

驾长那么高高地站在蹬板上，头露出在顶篷外，舵把子捏在手里，眼睛望着前面。我们觉得这条船仿佛是一匹马，一匹能够随意驰骋的马，而驾长是骑手。你要说这是个很美的比喻吧？可是，他掌着舵只是做活路，没有大野驰马的豪兴。我们同行有两条船，两条船上的驾长都喝酒。我们船上的年纪大多了，力气差些，到滩上，他多半在蹬板上跺脚，连声喊："扳重点！扳重点！……就跟搔痒一样！"有一回，舵把子打手里滑脱了，亏得旁边几个乘客帮他扳住。他重新抓住舵把子的时候，笑了笑说："好几个百斤重呢，不是说着耍的。"另一条船上的年轻人什么时候都喝酒，他夸张地摆给我们听："不喝酒可有点儿害怕呢。脚底下水那么凶，不说假的，你们看到就站不住。喝点酒，要放心些。"我们的驾长就不然，做活路的时候他决不喝酒。这不是说他比那年轻人胆大，对于可怕的水他们两个抱着不同的害怕态度。

木船上禁忌很多，好些话不能说。偏偏那些话关于航行的多，我们时常会不知不觉地说出来。推桡子的听见了，会朝我们说："说不得，说不得。"驾长听见了，会老大地不高兴，好像我们故意在跟他捣蛋。是的，人家把性命财产交给了他，他把这个责任跟他自己的性命一半儿交给了"经验"，还有一半儿呢，不知道交给什么，也许就是交给那些禁忌吧。船上的伙计们说："船开动了头，就不消问哪天到哪里。这是天的事，你还做得到主啊？"

川江的水凶，水太急的地方，单凭一把舵转不过弯来。所以船头上还有一根梢子，在要紧时候好帮帮舵的忙。扳梢子的大家也把他叫作驾长。到滩上，他总站在船头比手势，给掌舵的指明水路，好像是轮船上的领江。他拿到的工钱跟掌舵的一样。

1981年10月14日修改

春联儿

出城回家常坐鸡公车。十来个推车的差不多全熟识了，只要望见靠坐在车座上的人影儿，或是那些抽叶子烟的烟杆儿，就辨得清谁是谁。其中有个老俞，最善于招揽主顾，见你远远儿走过去，就站起来打招呼，转过身子，拍拍草垫，把车柄儿提在手里。这就叫旁的车夫不好意思跟他竞争，主顾自然坐了他的。

老俞推车，一路跟你谈话。他原籍眉州，苏东坡的家乡，五世祖放过道台，只因家道不好，到他手里流落到成都。他在队伍上当过差，到过雅州和打箭炉。他种过庄稼，利息薄，不够一家子吃的，把田退了，跟小儿子各推一挂鸡公车为生。大儿子在前方打国仗，由二等兵升到了排长，隔个把月二十来天就来封信，封封都是航空挂。他记不清那些时常改变的地名儿，往往说："他又调动了，调到什么地方——他信封上写得清清楚楚，下回告诉你老师吧。"

约摸有三四回出城没遇见老俞。听旁的车夫说，老俞的小儿子胸口害了外症，他娘听信邻舍妇人家的话，没让老俞知道请医生给开了刀，不上三天就死了。老俞哭得好伤心，哭一阵子跟他老婆拼一阵子命。哭了大半天才想起收拾他儿子，把两口猪卖了买棺材。那两口猪本来打算腊月间卖，有了这本钱，他就可以做些小买卖，不再推鸡公车，如今可不成了。

一天，我又坐老俞的车。看他那模样儿，上下眼皮红红的，似乎喝过几两干酒，颧骨以下的面颊全陷了进去，左边陷进更深，嘴就见得歪了。他改变了往常的习惯，只顾推车，不开口说话，呼呼的喘息声越来越粗，我的胸口，也仿佛感到压迫。

"老师，我在这儿想，通常说因果报应，到底有没有的?"他终于开口了。

我知道他说这个话的所以然，回答他说有或者没有，同样嫌啰嗦，就含糊其词应接道："有人说有的，我也不大清楚。"

"有的吗？我自己摸摸心，考问自己，没占过人家的便宜，没糟蹋过老天爷生下来的东西，连小鸡儿也没踩死过一只，为什么处罚我这样凶？老师，你看见的，长得结实干得活儿的一个孩儿，一下子没有了！莫非我干了什么恶事，自己不知道。我不知道，可以显个神通告诉我，不能马上处罚我！"

这跟《伯夷列传》里的"天之报施善人其何如哉！""倘所谓天道是耶非耶？"是同样的调子，我想。我不敢多问，随口说："你把他埋了？"

"埋了，就在邻舍张家的地里。两口猪，卖了四千元，一千元的地价，三千元的棺材——只是几片薄板，像个火柴盒儿。"

"两口猪才卖得四千元。"

"腊月间卖当然不止，五千六千也卖得。如今是你去央求人家，人家买你的是帮你的忙，还论什么高啊低的。唉，说不得了，孩子死了，猪也卖了，先前想的只是个梦，往后还是推我的车子——独个儿推车子，推到老，推到死！"

我想起他跟我同岁，甲午生，平头五十，莫说推到死，就是再推上五年六年，未免太困苦了。于是转换话头，问他的大儿子最近有没有信来。

"有，有，前五天接了他的信。我回复他，告诉他弟弟死了，只怕送不到他手里，我寄了航空双挂号。我说如今只剩你一个了，你在外头要格外保重。打国仗的事情要紧，不能叫你回来，将来把东洋鬼子赶了出去，你赶紧就回来。"

"你明白。"我着实有些激动。

"我当然明白。国仗打不赢，谁也没有好日子过，第一要紧是把国仗打赢，旁的都在其次。——他信上说，这回作战，他们一排弟兄，轻机关枪夺了三挺，东洋鬼子活捉了五个，只两个弟兄受了伤，都在腿上，没关系。老师，我那儿子有这么一手，也亏他的。"

他又琐琐碎碎地告诉我他儿子信上其他的话，吃些什么，宿在哪儿，那边的米价多少，老百姓怎么样，上个月抽空儿自己缝了一件小汗褂，鬼子的皮鞋穿上脚不及草鞋轻便，等等。我猜他把那封信总该看了几十遍，每个字都让他嚼得稀烂，消化了。

他似乎暂时忘了他的小儿子。

新年将近，老俞要我给他拟一副春联儿，由他自己去写，贴在门上。他说好几年没贴春联儿了，这会子非要贴它一副，洗刷洗刷晦气。我就给他拟了一副：

有子荷戈庶无愧

为人推毂亦复佳

约略给他解释一下，他自去写了。

有一回我又坐他的车，他提起步子就说："你老师给我拟的那副春联儿，书塾里老师仔细讲给我听了。好，确实好，切，切得很，就是我要说的话。有个儿子在前方打国仗，总算对得起国家。推鸡公车，气力换饭吃，比哪一行正经行业都不差。老师，你是不是这个意思?"

我回转身子点点头。

"你老师真是摸到了人家心窝里，哈哈!"

1944年5月22日

夏丏尊先生逝世

我们要告诉读者诸君一个哀痛的消息，夏丏尊先生在上月二十三日下午九点三刻逝世了。他害了肺病，一直没有注意，不知道染上了多久。发觉害病在去年夏秋之交，休养了一些日子，到胜利消息传来的时候，已经好起来，当夜的过度兴奋使他没有睡觉。再度发病在今年一月间，起初是不能出门，后来就不能离床，延续三个月，终于不治而死。他享年六十一岁。

本志①在民国十九年创刊，夏先生是创刊当时的主编人。他与我们一班朋友不办旁的杂志，却办《中学生》，老

---

① 《中学生》。——编者注

实说，由于我们不满意当前的学校教育。学生在学校里，应该名副其实地受教育，可是看看实际情形，学生只得到些僵化的知识。僵化的知识可以作生活的点缀品，这也懂得一些，那也懂得一些，就可以摆起知识分子的架子来，但是，僵化的知识不能化为好习惯，在生活上终身受用。夏先生写过一篇《受教育与受教材》，阐明的就是这层意思。我们想，尽我们的微力，或许对于学生界有些帮助吧，于是办起《中学生》来。我们自知所知所能都很有限，不敢处于施与者的地位，双手捧出一套东西来，待读者诸君全盘承受。我们只能与读者诸君处于同等地位，彼此商商量量，共学互勉，就在这中间受到一些名副其实的教育。我们说"帮助"，意思就在于此。这个作风是夏先生开创的，后来杂志虽然不归他编了，作风可没有改变。现在夏先生离开我们了，我们自然要继承他的遗志，凭本志给学生界一些帮助，永远不改变。

在目前的读者诸君中，认识夏先生的想来不多。但是，由于本志，由于他所著译的《平屋杂文》《爱的教育》等书，由于他参加创办的开明书店，心目中有个夏先生在的，为数一定不少。现在我们宣布夏先生逝世的消息，诸君该会恻然伤神，悼念这位神交的朋友。在这儿，容我们叙述关于夏先生的几点，供诸君悼念他的时候参考。

夏先生幼年在家塾读书，学作八股文，十六岁上考取了秀才。十七岁开始受新式教育，考进上海的中西学院，只读了一学期。十八岁进绍兴府学堂，也只读了一学期。后来往日本留学，先进宏文学院普通科。没等到毕业，考进东京高等工业学校。不到一年，就因费用不给回国，开始当教员，那时他二十一岁。他受学校教育的时期非常之短，没有在什么学校毕过业，没有领过一张毕业文凭。他对于社会人生的看法，对于立身处世的态度，对于学术思想的理解，对于文学艺术的鉴赏，都是从读书、交朋友、面对现实得来的，换一句说，都是从自学得来的。他没有创立系统的学说，没有建立伟大的功业，可是，他正直地过了一辈子，识与不识的人一致承认他有独立不倚的人格。自学能够达到这个地步，也就是大大的成功了。如果有怀疑自学的人，我们要郑重地告诉他，请看夏先生的榜样。

　　夏先生当教师，没有什么特别的秘诀，用两句话就可以概括：对学生诚恳，对教务认真。人生在世，举措有种种，方式也有种种，可是扼要说来，不外乎对人对事两项。对学生诚恳，对教务认真，在教师的立场上，可以说已经抓住了对人对事两项的要点。所以他的许多学生虽然已届中年，没有不感到永远乐于与他亲近的。分处两地的写信给他，同在一地的时常去看望他，与他谈论或大或小的事，向他表示种种的关切。偶尔有几个见解与他违异，或者因为行为不检，思想谬误，受过他当面或背后的指斥，他们仍然真心地爱他，口头心头总是恭敬地叫他"夏先生"。在他殡殓的那一天，他的一位学生朱苏典先生走进殡仪馆就含着眼泪，眼圈红红的，直到遗体入殓，没有能抑制他的悲戚。朱先生五十光景了，已经留须，牙齿也有脱落，看见这么一位老学生伤悼他的老师，真令人感动，同时觉得必须是这样的老师才不愧为老师。目前的教育要彻底改革，已经毫无疑问，可是教育无论如何改革，总得通过教师才会见实效。我们期望像夏先生那样的教师逐渐多起来，配合着今后政治经济种种的改革，守住教育的岗位，对学生诚恳，对教务认真。

上月二十二日上午，距离夏先生逝世三十四小时半，夏先生朝社友叶圣陶说了如下的话："胜利，到底啥人胜利——无从说起！"说这话以前，他已曾昏迷过好几回，说这话的时候却是清醒的，病容上那副悲天悯人的神色，令人永远不忘。胜利消息传来的那一夜他兴奋得睡不成觉，在八个月之后，在他逝世的前一天，却勉力挣扎说出这样的话来，可见几个月来他的伤痛很深。他那伤痛不是他个人的，是我国全体老百姓的，老百姓经历了耳闻目睹以及身受的种种，谁不伤痛，谁不想问一声："胜利，到底啥人胜利?"自私自利的那批家伙太可恶了，他们攘夺了老百姓的胜利，以致应分得到胜利的老百姓得不到胜利。但是我们要虔敬地回答夏先生，胜利终会属于老百姓的，这是事势之必然。老百姓要生活，要好好的生活，要物质上精神上都够得上标准的生活，非胜利不可。胜利不到手，非努力争取不可。努力复努力，争取复争取，最后胜利属于老百姓。夏先生，你安心地休息吧，待你五年祭十年祭的时候，我们将告诉你老百姓已经得到了胜利的消息。

1946年5月

朱佩弦先生

　　本志的一位老朋友，也是读者们熟悉的一位老朋友，朱佩弦（自清）先生，于八月十二日去世了。认识他的人都很感伤，不认识他可是读过他的文字，或者仅仅读过他那篇《背影》的人也必然感到惋惜。现在我们来谈谈朱先生。

　　他是国立清华大学的教授，任职已经二十多年。以前在浙江省好几个中学当教师，也在吴淞中国公学中学部教过书。他毕了北京大学的业就当教师，一直没有间断。担任的功课是国文和本国文学。他的病拖了十五年左右。工作繁忙，处事又认真，经济不宽裕，又遇到八年的抗战，不能好好治疗，休养。早经医生诊断，他的病是十二指肠

188

溃疡，应当开割。但是也有医生说可以不开割，他就只服些药了事。本年八月六日病又大发作，痛不可当，才往北大医院开割。大概是身体太亏了，几次消息传来，都说还在危险期中。延了六天，就去世了。他今年五十一岁。

他是个尽职的胜任的国文教师和文学教师。教师有所谓"预备"的工夫，他是一向做这个工夫的。不论教材的难易深浅，授课以前总要揣摩，把必须给学生解释或提示的记下来。一课完毕，往往满头是汗，连擦不止。看他的神色，如果表现出舒适愉快，这一课是教得满意了，如果有点儿紧张，眉头皱紧，就可以知道他这一课教得不怎么惬意。他教导学生采取一种平凡不过也切实不过的见解：欣赏跟领受着根在了解跟分析，不了解，不分析，无所谓欣赏跟领受。了解跟分析的基础在语言文字方面，因为我们跟作者接触凭借语言文字，而且单只凭借语言文字。一个字的含糊，一句话的不求甚解，全是了解跟分析的障碍。打通了语言文字，这才可以触及作者的心，知道作者的心意中为什么起这样的波澜，写成这样的一篇文字或一本书。这时候，说欣赏也好，说领受也好，总之把作者的东西消化了，化为自身的血肉，生活上的补益品了。他多年来在语文教学方面用力，实践而外，又写了不少文篇，主要的宗旨无非如此。我们想，这是值得青年朋友注意的。好文字好作品拿在手里，如果没有办法对付它，好只好在它那里，与我全不相干。意识跟观点等等同然重要。可是不通过语言文字的关，就没法彻底分析意识跟观点等等。不要以为语言文字只是枝节，要知道离开了这些枝节，就没有另外的什么大本。

他是个不断求知不惮请教的人。到一处地方，无论风俗人情，事态物理，都像孔子入了太庙似的"每事问"，有时使旁边的人觉得他问得有点儿土气，不漂亮。其实这样想的人未免"故步自封"。不明白，不懂得，心里可真愿意明白，懂得，请教人家又有什么难为情的？在文学研究方面，这种精神使他经常接触书刊论文，经常阅读新出的作品，不但理解这些，而且与这些同其呼吸。依一般见解说，身为大学教授，自己当然有已经形成的一套，就把这一套传授给弟子，那是分内的事。很有些教授就是这么做的，大家也认为他们是行所当然。可是朱先生不然，他教育青年们，也随时受青年们的教育。单就他对于新体诗的见解而言，他历年来关心新体诗的发展，认明新体诗的今后的方向，是受着一班青年诗人的教育的，他的那些论诗的文字就是证据。但是，同样在大学里当教授的，以及在中学里当教师的，以及非教师的知识分子，很有说新体诗"算什么东西"的，简直认为胡闹。若不是朱先生的识力太幼稚短浅，就该是那些人太不理会时代的脉搏了。

他待人接物极诚恳，与他做朋友的没有不爱他，分别时深切地相思，会面时亲密地晤叙，不必细说。他在中学任教的时候就与学生亲近，并不是为了什么作用去拉拢学生，是他的教学和态度使学生自然乐意亲近他，与他谈话和玩儿。这也很寻常，所谓教育原不限于教几本书讲几篇文章。不知道什么缘故，我国的教育偏偏有些别扭，教师跟学生俨然像压迫者跟被压迫者，这才见得亲近学生的教师有点儿稀罕，说他好的认为难能可贵，说他坏的就不免说也许别有用心了。他在大学里还是如此，学生是朋友，他哪里肯疏远朋友呢？可是他决不是到处随和的好好先生，他督责功课是严的，没有理由的要求是决不答应的，当过他的学生的都可以作证明。学生对于好好先生当然不至于有什么恶感，可也不会有太多的好感，尤其不会由敬而生爱。像朱先生那样的教师，实践了古人所说的"教学相长"，有亲切的友谊，又有坚强的责任感，这才自然而然成为学生敬爱的对象。据报纸所载的北平电讯说，他入殓的当儿，在场的学生都哭了。哭当然由于哀伤，而在送死的时候这么哀伤，不是由于平日的敬爱已深吗？

他作文，作诗，编书，都极其用心，下笔不怎么快，有点儿矜持。非自以为心安理得的意见决不乱写。不惮烦劳地翻检有关的资料。文稿发了出去，发见有些小节目要改动，乃至一个字还欠妥，总要特地写封信去，把它改了过来才满意。他早期的散文如《匆匆》《荷塘月色》《桨声灯影里的秦淮河》都有点儿做作，过于注重修辞，见得不怎么自然。到了写《欧游杂记》《伦敦杂记》的时候就不然了，全写口语，从口语中提取有效的表现方式，虽然有时候还带一些文言成分，但是念起来上口，有现代口语的韵味，叫人觉得这是现代人说的话，不是不尴不尬的"白话文"。当世作者的文字，多数是不尴不尬的"白话文"，面貌像说话，可是决没有一个人真会说那样的话。还有些文字全从文言而来，把"之乎者也"换成"的了吗呢"，格调跟腔拍却是文言。照我们想，现代语跟文言是两回事，不写口语便罢，要写口语就得写真正的口语。自然，口语还得问什么人的口语，各种人的生活经验不同，口语也就两样。朱先生写的只是知识分子的口语，念给劳苦大众听未必了然。但是，像朱先生那样切于求知，乐意亲近他人，对于语言又有高度的敏感，他如果生活在劳苦大众中间，我们料想他必然也能写劳苦大众的口语。话不要说远了。近年来他的文字越见得周密妥帖，可又极其平淡质朴，读下去真个像跟他面对面坐着，听他亲切的谈话。现在大学里如果开现代本国文学的课程，或者有人编现代本国文学史，论到文体的完美，文字的全写口语，朱先生该是首先提到的。他早年作新体诗不少，后来不大作了，可是一直关心新体诗，时常写关于新体诗的文字，那些文字也是研究现代本国文学的重要资料。他也作旧体诗，只写给朋友们看看，发表的很少。旧体诗的形式限制了内容，一作旧体诗，思想感情就不免跟古人接近，跟现代人疏远。作旧体诗自己消遣，原也没有什么，发表给大家看，那就不足为训了。

他的著作已经出版的记在这里。散文有《踪迹》的第二辑（亚东版，第一辑是新体诗）、《背影》、《欧游杂记》、《伦敦杂记》（开明版）、《你我》（商务版）五种。新体诗除了《踪迹》的第一辑，又有《雪朝》里的一辑（《雪朝》是八个人的诗集，每人一辑，商务版）。文学论文集有《诗言志辨》（开明版），大意说我国的文学批评开始于论诗，论诗的纲领是"诗教"跟"诗言志"，这一直影响着历代的文学批评，化为种种意见跟理论。谈文学的文集有《标准与尺度》（文光版）跟《论雅俗共赏》（观察版）两种，都是近年来的作品。用他自己的话说，他"企图从现代的立场上来了解传统"，"所谓现代的立场，按我的了解，可以说就是'雅俗共赏'的立场，也可以说是偏重俗人或常人的立场，也可以说是近于人民的立场。"（《论雅俗共赏》

序文中的话）从这中间可以见到他日进不已的精神。又有《语文零拾》（名山版）一种。《新诗杂话》（作家版）专收论诗之作，谈新体诗的倾向跟前途，也谈国外的诗。《经典常谈》（文光版）介绍我国四部的要籍，采用最新最可靠的结论，深入而浅出，对于古典教学极有用处。论国文教学的文字收入《国文教学》（开明版，与圣陶的同类文字合在一块儿）。又有《精读指导举隅》《略读指导举隅》（商务版，与圣陶合作），这两本书类似"教案"，希望同行举一而反三。他编的东西有《新文学大系》中的诗选一册（良友版）。去年的大工程是编辑《闻一多全集》（开明版）。今年与吕叔湘先生和圣陶合编《开明高级国文读本》《开明文言读本》，预定各编六册，编到第二册的半中间，他就与他的同伴分手了。

看前面开列的，可知他毕生尽力的不出国文跟文学。他在学校里教的也是这些。"思不出其位"，一点一滴地做去，直到他倒下，从这里可以见到一个完美的人格。

1948 年 8 月 16 日

独善 兼善

我们乡村里的人谁不曾将两腿没在水田里尽浸？谁不曾将身体挺在太阳光中尽晒？我们从小到大都是这样，管什么苦楚不苦楚。

掮枪的生活

我当中学生的时代在清朝末年，那时候厉行军国民教育，所以我受过三年多的军事训练。现在回想起来，旁的也没有什么，只那掮枪的生活倒是颇有兴味的。

我们那时候掮的是后膛枪，上了刺刀，大概有七八斤重。腰间围着皮带。皮带上系着两个长方形的皮匣子，在左右肋骨的部位，那是预备装子弹的。后面的左侧又系着刺刀的壳子。这样装束起来，俨然是个军人了。

我们平时操小队教练、中队教练，又操散兵线，左右两旁的伙伴离得特别开，或者直立预备放，或者跪倒预备放，或者卧倒预备放。当卧倒预备放的时候，胸、腹、四肢密贴着草和泥土，有一种说不出来的快感。待教师喊出

"举枪——放！"的口令的时候，右手的食指在发弹机上这么一扳，更是极度兴奋的举动。

有时候我们练习冲锋，斜执着上了刺刀的枪，一拥而前。不但如此，还要冲上五六丈高的土堆；土堆的斜坡很有点儿陡峭，我们不顾，只是脚不点地地往上冲。嘴里还要呐喊："啊！——啊！"宛然有千军万马的气势。谁第一个冲到土堆的顶上，就高举手里的枪，与教师手里的指挥刀一齐挥动，犹如占领了一座要塞。

有时候我们练习野外侦察，三个四个作一组，各走不同的道路，向田野或树林出发。如果是秋季的晴天，侦察就大有趣味。干草的甘味扑鼻而来；各种昆虫或前或后，飞飞歇歇，好像特地来与我们做伴；清水的池边，断栏的桥上，随处可以坐下来；阳光照在身上，不嫌其热，可是周身感到健康的快感。这当儿，我们差不多忘了教师讲的侦察时候应该注意些什么。我们高兴有这样的机会，从沉闷的教室里逃到空旷的原野里，作一回揹着枪的游散。

一年的乐事，秋季旅行为最。旅行的时候也用军法部勒。一队有队长，一小队有小队长。步伐听军号，归队和散队听军号，吃饭听军号，早起夜眠也听军号。我有几个同级的好友是吹号打鼓的好手，每逢旅行，他们总排在队伍的前头，显耀他们的本领。我从他们那里受到熏染，知道吹号打鼓与其他技艺一样，造诣也颇有深浅的差异；要沉着而又圆转，那才是真功夫。我略能鉴别吹奏的好坏；有几支军号的曲调至今还记得。

旅行不但挎枪束子弹带，还要向军营里借了粮食袋和水瓶来使用。粮食袋挂在左腰间，水瓶挂在右腰间，里头当然装满了内容物。这就颇有点儿累赘了，然而我们都欢喜这样的装束，恨不得在背上再加上背包。其时枪也擦得特别干净，枪管乌乌的，枪柄上不留一点儿污迹，枪管子里面有人家看不见的，可是我们也用心擦，直擦到用一只眼睛窥看的时候，来复线条条闪亮，耀着青光，才肯罢手。

旅行到了目的地，或者从轮船上起岸，或者从火车上下来，我们总是排成四行的队伍，开着正步，昂然前进。校旗由排头笔直地执着，军号军鼓奏着悠扬的调子；步伐匀齐，没有一点儿错乱。人家没有留心看校旗上的字，往往说“哪里来的军队”。听了这个话，我们的精神更见振作，身躯挺得更直，步子也跨得更大。有一年秋季旅行，到达目的地已经是晚上八点过后，天下着大雨，地上到处是水潭。我们依然开正步，保持着队伍的整齐形式。一步一步差不多都落在水潭里，皮鞋里完全灌满了水，衣服也湿透了，紧贴着皮肤。我们都以为这是有趣的佳遇，不感到难受。又有一年秋季，到南京去参观南洋劝业会，正走进会场的正门，忽然来一阵粗大的急雨。我们好像没有这回事，立停，成双行向左转，报数，搭枪架，然后散开，到各个馆里去参观。第二天《会场日报》刊登特别记载：某某中学到来参观，完全是军队的模样，遇到阵雨，队伍绝不散乱，学生个个精神百倍，如是云云。我们都珍重这一则新闻记事，认为这一次旅行的荣誉。

旅行时候的住宿又是一件有味的事。往往借一处地方，在屋子里平铺着稻草，就把带去的被褥摊在上面。睡眠的号声幽幽地吹起来时，大家蚱蜢似的蹿向自己的铺位，解带子，脱衣服，都觉得异样新鲜，似乎从来没有做过的。一会儿熄灯的号声响了，就在一团黑暗里静待入睡。各人知道与许多伙伴在一起，差不多同睡在一张巨大的床上，所以并不感到凄寂。第二天醒来当然特别早，只等起身号的第一个音吹出，大家就站了起来，急急忙忙把自己打扮成个军人了。

从前的捆枪生活，现在回想起来，颇带一些浪漫意味。这在当时主张军国民教育的人说来，自然是失败了。然而我们这批人的青年生活却因此得到了一些润泽。

1934 年

晓　行

　　朝阳还没升高，我经过田野间，四望景物，非常秀丽且静穆。一带村树都作浅黛可爱的颜色，似乎正在浮动。我便忆起初见西湖时的情绪：那时是初夏的朝晨，出了钱塘门，经过了一带石壁，忽然间全湖在目。环湖的浅青的山色含有神秘而不可说的美，我只觉无可奈何，同时也遗忘了一切。这是一种不可描绘的情绪，过后思量，竟是我生享受美感的很满足的一回。现在那些远处的村树仿佛是连绵的青山，而我所得的印象又与初到西湖时相似，然则我不是野行，竟是在湖上荡桨了。我原有点渴忆西湖呢，不料无意间得到了替代的安慰。

　　田里的麦全已割去。农人将泥土翻转来，更车了河水进来浸润着，预备种稻。已成形而还不曾长足的蛙就得了新的领土。他们狭小的喉咙里发出阔大而烦躁的声音，彼此应和，联成一片。他们大多蹲在高出水面的泥块上，或从此处跳到彼处；头部仰起，留心看去可以看见他们白色的胸部在那里鼓动。当我经过他们近旁的时候，他们顺次停止了鸣声，极轻便地没入水中。不一会儿，我离他们较远，一片噪音又在我背后喧闹了。

印有人及家畜的足迹的泥路上竟没一棵草。两旁却丛生野草，大部分是禾本科的植物，开着各色的小花——除了昆虫恐怕再没有注意他们的了。细小而晶莹可爱的露珠附着在花和叶上，很有可玩的意趣。远处粪肥的气味微微地送入我的鼻管，充满着农田生活的感觉，使我否认先前的假想：我并不在清游雅玩的西湖上。

我走到一个池旁。岸滩的草和傍岸的树映入池中，倒影比本身绿得更鲜嫩，更可爱。这时候池面还没受日光的照耀，深蓝色的静定的池水满含着沉默。池面的一角浮着萍叶，数叶攒聚处矗起些桂黄色的小花——记得前几天还没有呢。偶然有些小鱼游近水面，才起极轻微的波纹，或者使萍花略微颤动。

靠着池的东南岸是一所破旧的农舍，屋后有一个水埠通到池面。我信足走去，已到了那所屋舍的前面。一扇板门开着，里面只见些破的台凳和高低不平的泥地。门旁两扇板窗都撑起，一个女孩儿站在窗下。屋前一方地和屋的面积一样大，铺着长方的小砖，是他们的曝场。

那女孩儿有略带红色的头发，非常稀疏，仅能编成一条小辫子；面孔很瘦削，呈淡黄色；眼光作茫昧的瞪视。她见了我，只是对我看，仿佛我身上丛集着什么疑讶。

我不曾走过这条路，看前面都种着豆，不见通路，疑是不能通过的了。便问她道："从这里可以到那条河边么？"这个问询减损了她疑讶的神情的大部分，她点头道："转过去就是。"我答应了一声，再往前去。她又说："但是豆叶上全是露水，要沾湿你的衣裳和鞋。"我说"不要紧"，就分开两边的豆茎，顺着很狭的田岸走去。我虽然没听她的话，心里却感激她对于我——她的不相识者——的好意。

走完了种豆的地方便到河岸，我的鞋和衣裳的下半截真湿了。河水和池水一样地深蓝和静定，但因潜隐的流动有几处发出光亮。对岸的田里有几个农人在那里工作，因田地的空旷显出他们的微小。和平而轻淡的阳光照到田面，就像对一切给予无限的生意，一条田岸，一方泥土，和农人手里的一柄锄头，都似乎物质里面含有内在的精神。

我站着望了一会，便沿着河走。在我的前路有两个农人在那里车水：一架手摇水车设在岸滩，他们俩各执一个柄摇动机关，引河水到田里。不多时我已到了他们俩眼前。一个农人非常高大，露出的皮肤全是酱一般的颜色；面部皱纹很多，有巨大的眼睛和鼻子。他约摸四十多岁。又一个是二十出头的年纪，面目很像城市间的读书人；皮肤也不至于深赤，但是他四肢的发达的肌肉可以证明他是久操农作的人。他们俩只顾工作，非但不交一语，并且不看一看共同操作的伴侣。这个情形无论到什么地方都可遇见，锯开一段木头的两个木匠，同一作台的两个裁缝，都是好像没有第二个人在他们旁边似的。旁人看着他们，就要想他们何以耐得这般寂寞。其实旁人不就是他们，究竟寂寞与否怎便能断定呢！

　　水车引起的水经过一条临时掘成的沟流到田里。那条沟横断我的前路，而且有好些湿泥壅在两旁。我提起了农服，正要跨过那条沟，那个年长的农人笑着对我说："须留心跨，防跌跤。"他说时两手停了工作，那个年轻的也停了，繁喧的水车声便划然而止。

　　我说："不妨事，我能跨。"身体略一腾跃，已过了小沟。我来这一条未尝走惯的路上觉得一切的景物都新鲜，看农人车水也有趣味，时光又很早，所以就停了脚步。

　　他们俩见我过了小沟，便继续他们的工作。那年长的看着我问道："先生是在那边学堂里的么？"

"是的。"

"那里的学生不止二三百吧?"

"不错,四百有余。"

"那些学生真开心,我从你们墙外走过,只听见他们笑和闹。大约不会有逃学的了。"

"逃学的确然没有。"停了一会,我问他说,"今年的麦收成想还不差,结实的时候不曾有过大风雨呢。"

"今年很好,五六年没有这样的收成了。"

"现在你这块田预备种稻了?"

"是的,"他指着五十步外一方秧田说,"那里的秧已长得那么高,赶紧要插了。"

我望那方秧田,柔细而嫩绿的秧生得非常整齐,好似一方绿绒。那种绿色是自然的色彩,决不能在画幅中看见,真足以迷醉人的心目。

他接着说:"我们在这田里车足了水,更犁松了泥土,就可以插秧。至迟到后天下午我们必得插秧。"他说时脸上有一种欣悦的神采,更伴着简朴真挚的微笑。

我说:"此后你们要辛苦了,添水拔草等工作你们天天要做,四无遮盖的猛烈的太阳又专和你们为难。你们以为这些是苦楚不是?"

"我们的日子自然不及你们那么舒服,但是也不见得苦楚。你们看我们以为苦楚，其实我们是惯了。我们乡村里的人谁不曾将两腿没在水田里尽浸？谁不曾将身体挺在太阳光中尽晒？我们从小到大都是这样，管什么苦楚不苦楚。"

"你们一定爱你们田里种的东西。"

"那自然，那是我们的性命。我们看他们很顺遂地发达起来，就好比我们的性命更为坚固且长久。前年那些天杀的小虫来吃我们的稻：一块田里的稻都已开花，忽然每棵稻的中段都折了，茎也枯萎了。留心看去，都是那些天杀的在那里作恶！我们没有法想，只对着稻田叹气！"他引起了以往的愤恨，语音便沉重且有停顿——这是乡村中人普通的愤恨的征象。

"你们为什么不捕捉？城里曾经派出许多人员教你们预防和捕捉的法子。"

"预防呢，我们不很相信那叫也叫不清楚的药料。晚上点了灯，盛了油，待他们来投死，确是个靠得住的法子，但是要大家一齐做才行——这怎么办得到呢？独有一两家这么做，自己田里的捉完了，别家田里的吃到没得吃了，就难民一般地搬了来，还是个捉如未捉。"

"前年的灾情真厉害。去年好些吧？"

"好些，"他冷笑着说，"但是总不能灭尽！他们作恶一

206

连十几年，哪一年不和我们为难，至多恶毒得轻些罢了。"

"田主减收你们的田租吧？"

"总算减短些。"他仍旧冷笑。

"减短多少呢？"

"不一定。他们中间很有几家专会用取巧的法子。他们所有的田不一定全受虫灾，但是被灾的多，便统打个九折收租。他们的意思并不是要没受灾害的得些好处，简直是使受灾的更受些灾害！然而他们有他们的说法，'唯有这样才便于计算；否则怎能一块一块田都看到，确定出应收的成数呢？'又有几家，他们先抛大了米价，却挂出牌子来说田租统打七五折。大家听了这一句，以为他们的租轻松些，便争先缴租给他们。到末了他们的收数独多，还是他们占了便宜。"

"前年你的田租打了几折？"

"我么？"他摇动水车格外用力，借此发泄他的不平，"自然是九折！先生可知道我种的谁家的田？"

"不知道。"

"邵和之，他的家就在你们学校的东面，先生总该知道。"

我便想起常在沿街的茶馆里坐着的那个人。他每天坐在靠墙角的桌旁。瘦削的两颊向里低陷；短视的眼睛从眼镜里放出冷酷的光；额上常有皱纹，因为常在那里思虑；总之，他的面孔全部含着计算的意思。我不曾见他和别的茶客谈话，除了和催甲或差吏计议农人积欠的田租的数目。——我所知于他的只有这些，但总算是知道他的，便答应那农人道："我知道。"

"你想，我种的田就是他的，自然是九折了！"

"我不很知道他的底细，他收租很厉害么？"

"厉害！"他停了一会，又说，"田主收租谁都厉害，手段硬些软些罢了。邵大爷是惯用硬功的大王。"

"怎见得呢？"

"他算出来的数目就好比石头的山，不能移动一分。任你向他诉说恳求，巴望他减短一点，他的头总不肯点一点。欠了他的租，他就派差吏来叫去，由他说一个日期，约定到那一天必须缴还。他那双眼睛真可怕，望着他怎敢再求，只有答应下来，回来想法子，借债当东西全都做到，只求不再看他那双可怕的眼睛。"

他们俩停了手，挺一挺腰，望着四围舒一舒气，预备休息一会。河面忽然有一个声音，好似谁投了一块砖石。我无意地自语道："什么？"看河面时，水花慢慢地扩散开来，最大的一圈已碰着对岸而消灭了。

那年轻的农人用艳羡的语气说："该是一尾好大的鲤

鱼。"他说时注视着河面。

"那位邵大爷,"年长的农人向我说,因为水车停了,显出他声音的响亮,"他有一次真是石头一般地定心,叫人万万学不来。他坐了船到东面杨家村里去收租。一家人家同他约了那一天的期,但是竟没法想,一个钱也弄不到。那个男子情急了,看见船摇进村,便发痴一般地避到屋后的茅厕里。差吏进门要人时,只见一个女人,知是避开了,略一搜寻,便从茅厕里把他拖了出来。那男子十分慌张,嘴里却说,'我已有了钱,今天统可还清。'差吏听说,自然放了手。哪知那男子拔脚飞跑,竟往河里一跳!看见的人齐喊起来,一会儿村人都奔了出来。水里的人已冒了几冒,沉下去了。那时候邵大爷的舟子见将有人命交涉,恐怕被村人打沉了他的船,急急解缆想要逃走。你知那位邵大爷怎样?他跨上船头喝住舟子不许解缆。他的脸上毫没着急的意思,大声对岸上的人说,'欠租是何等重大的罪名!他便溺死了,还是要向他女人算!'那时村人个个着急,听邵大爷的说法又觉得不错,哪还有劲儿打他的船,只拼命将河里的人救了起来。后来那个男子还是卖掉了留着自己吃的一石米,还清了租,才算了结。"

我听了这一段叙述,心里起一种憎恨的情绪,但并不只为那个姓邵的。因此,我低头望着河水——那时已不是深蓝的颜色，因为太阳升高了，——不答说什么，只发出个"哦"的声音。

"种了这种人的田，客客气气早日还租就是便宜。"他一手撑在水车的木桩上，以很有经验的神情向我这么说。

"像你，种田过活，还过得去吧？"我想和我对面的人或者也曾受过严酷的逼迫，所以急切地问他。

"多谢先生，我还算过得去。单靠这几亩田是不济事的。我另有几亩烂田，一年两熟半，贴补我不少呢。"

"那就舒服了。"我如同身受那么安慰。

水车的机关又转动了，河水汩汩地流入田里。我想我的工作快要开始了，怎能只看着他人工作呢？我对那农人说："他日再同你谈吧。"便向前走去。

水车的声音里带一个似乎很远的人语声——"改日再会"——在我的背后。

1921年6月11日

骨牌声

走进里里，总弄的靠墙角的一盏盏电灯全都亮了，在第四盏灯底下，一张轻便的桌子斜角摆着，四个女人围着"打麻将"。她们不用扇扇子，也不在周身乱拍乱搔，像其他乘凉的人那样；大概暑气与蚊虫都与她们疏远了。

这使我想到伯祥近来的一夜的失眠。伯祥的屋子是带"跨街楼"的，就把跨街楼作为卧室。那一晚他上床睡了，来了！就在楼底下送来倒出一盒骨牌的声音，接着就是抹牌的声音，碰牌的声音，人的说笑，惊喜，埋怨，随口骂詈，种种的声音。先前医生给伯祥诊察过，说他的血浆比较薄，心脏不很强健；影响到心理，就形成感觉敏锐。这楼下的声音并不细微，当然立刻引起他的注意，蒙眬的倦

211

意就消失了。声音继续不绝，他似乎被强迫地一一去听，同时对于将要失眠了又怀着越来越凶的惴惴。楼下的人兴致不衰，一圈一圈打下去，直到炮车似的粪车动地震耳地推进里里来了，他们方才歇手。谁输谁赢自然是确定了，或者大家还觉得有点儿软软的倦意；但是他们必然料不到楼上的伯祥也陪着他们一夜不曾合眼。

在我家听力所及的四围的邻居中，也常常有通宵打牌的。我是出名的贪睡汉，并不曾因此失眠过一回，像伯祥那样。在我还没有睡的时候，听见他们抹牌，很不经意地想，"他们打牌了"，随后也就安然，躺下不多时，就睡熟了。偶尔半夜里醒来，又听见他们抹牌，蒙蒙眬眬地想，"他们还没有歇手呢"，一转身，又睡熟了。直到小女孩醒了，我似乎被她闹醒，看窗上已经布满含有希望的青光，这时候又听见他们抹牌，轻轻地，慢慢地，似乎乏力的样子；这才知道他们打了通宵的牌。

不是没有白天打牌的；据家里人说，日里头也常听见骨牌桌子相击的声音；不过我日里头在家的时候少，就觉得打牌的事总是夜里发生的多了，然而有几回回家吃午饭的时候，也曾听得啪啪噼噼的骨牌响。

有人说："游戏而至于打麻将，可说最没有趣味的了；组织这么简单，一点儿用不着费心思，有什么好玩！"说这句话如果意在劝人不要打麻将，简直是不通世务的读书官人说的，明白的人决不会这么说。

现在先讲趣味。趣味是须经旁人判定的呢，还是在于本身的体会？这似乎无须讨论，当然，在于本身的体会；别人固然可以代我判定，但是没有办法使我与他同感。譬如别人尽可以向我说大蒜是最爽口的东西，但是我总觉得大蒜的恶臭不堪向迩；别人又可以向我说这西瓜不好，不要吃吧，但是我总不肯舍弃，因为凡西瓜不论好坏我都爱吃：这有什么办法呢？

那些朝打牌夜打牌的男人，大概有个职业，他们认定职业是为着吃饭的，天生就一张嘴一副肠胃，就不能不从职业上弄到一点消费的材料；这里头颇含勉强的意思，即使有趣味也淡得很了；不然，为什么工人喜欢歇工，教员爱听放假呢？那些女人，大概担负大部的家务，她们认定家务是自己先天注定的重负，为男人，为孩子，为全家族，都是不可推诿的；这就未必是心甘情愿的了，似乎说不上有什么趣味；不然，为什么弄口电灯底下，常常有两三个女人在那里互诉家务的辛劳呢？至于一些游手好闲的男女，东家靠一靠就是一两点钟，西家坐一坐就是半天，谈些捉到几个臭虫，昨夜给蚊虫扰了一夜的事，实在也是莫可奈何，才做这种无聊的消遣，如果要他们说一声"这很有趣味"，我猜想他们未必愿意答应吧。

人总爱做点有趣味的事，借以消解种种的劳困与无聊。他们有什么事情可做呢？你说，为什么不去欣赏艺术？不错；但是欣赏须得有素养，他们有吗？你又说，为什么不去逛公园？不错；但是逛公园男的须穿起洋服，女的也须打扮得体面一点，这岂是人人办得到的事？房屋是丛墓的样子，三家四家的人统统砌在一楼一底里，身也转不得，更不用说北窗消暑，月院乘凉了。好在桌子是现成摆在那里的，骨牌是祖传或新置的，倒不如就此坐拢来，打这么八圈十二圈。心有所注，暑气全消了，蝇蚊也似乎远引了，趣味一。大家说打牌是写意（"写意"是苏沪一带人常说的，含有漂亮、舒服、轻快、推开责任等等意思，这里指舒服）的事，现在居然身为写意的事，同大大小小的写意人一样，趣味二。或者幸运光临，还可以有赢到几个铜元几个银角子的希望，如同中了什么奖券的小彩，趣味三。谁说是没有趣味呢！

其次讲用心思，这尤其是简单不过的。你以用心思为有味，也许人家以不用心思为有味；彼此如果因此争论起来，结果当是谁也不能折服谁。况且向来不曾用过心思的，你定要他非用心思不可，岂不叫他头痛？他们说，麻将之所以使我们欢喜，就在于一点儿用不着费心思；你又有什么话说?

　　世间不通世务的读书官人究竟不多，做点有趣味的事这个观念究竟是普遍的，于是我们常常听见骨牌声了。

深夜的食品

里的总门虽然在九点钟光景关上了，总门上的小门，仅容一个人出入的，却终夜开着。房主以为这是便利住户的办法，随便什么时候要进要出都可以；门口就有看门人睡在那里，所以疏失是不至于有的。这想法也许不错，随时可以进出确实便利；然而里里边却出了好几回疏失，贼骨头带着住户的东西走了。这是否由于小门开着的便利，固然不能确凿断定。

我想有一些人必然感激这小门的开着，是不容怀疑的，那就是挑售食品的小贩们。我中夜醒来（这是难得的事），总听见他们的叫卖声："五香茶叶蛋！""火腿热粽子！""五香豆腐干！""桂花白糖莲心粥！"还有些是广东人呼喊的，用心细辨也辨不清，只听见一连串生疏的声音而已。这时候众喧已息，固然有些骨牌声、笑语声、儿啼声在那里支持残局，表示这里里的人还没有全部入睡，但究竟不比白天的世界了。这些叫卖声大都是沙哑的；在这样的境界里传送过来，颤颤地，寂寂地，更显出这境界的凄凉与空虚。从这些声音又可以想见发声者的形貌，枯瘦的身躯，耸起的鼻子与颧颊，失神的眼睛，全没有血色的皮肤；他们提着篮子或者挑着担子，举起一步似乎提起一块石头，背脊是弯得像弓了。总之，听了这声音就会联想到《黑籍冤魂》里的登场人物。

有卖东西的，总有吃东西的。谁在深夜里还买这些东西吃呢？这可以断然回答，决不是我们。我家向来是早睡的，至迟也不过十一点钟（当然也是早起的）。自从搬到乡下去住了三年，沾染了鄙野的习俗，益发实做其太古之民了。太阳还照在屋顶，我们就吃晚饭；太阳没了，我们就"日入而息"，灯自然要点一点的，然而只有一会儿工夫。近来搬到这文明的地方上海来住，论理总该有点进步，把鄙野的习染洗刷去一部分，但是我们的习染几乎化为本性了；地方虽然文明，与我们的鄙野全不相干，我们还是早吃晚饭早睡觉。有时候朋友来访，我们差不多要睡了，就问他们："晚饭吃过了吧？"谁知他们回答得很妙："才吃过晚点，晚饭还差两三个钟头呢。"这使我惭愧了，同时才想起他们是久居上海的，习染自然比我们文明得多。像我们这样的情形，决不会特地耽搁了睡觉，等着买五香茶叶蛋等等东西吃的；更不会一听到叫卖声就从床上爬起来，开门出去买。所以半夜的里里虽然常常颤颤地寂寂地喊着什么什么东西，而我们决非他们的主顾。

那么他们的主顾是谁呢？我想那些神明不衰，通宵打牌的男男女女总该是其中的一部分。他们尚未睡眠，胃的工作并不改弱，到半夜里，已经把吃下去的晚餐消化得差不多了；怎禁得那些又香又甜又鲜美的名称一声声地引诱，自然要一口一口地咽唾沫了。手头赢了一点的呢，譬如少赢了一些，就很慷慨地买来吃个称心如意（黄包车夫在赌场门口候着一个赌客，这赌客正巧是赢了钱的，往往在下车的时候很不经意地给车夫过量的钱，洋钱当作毛钱用；何况五香茶叶蛋等等东西是自己吃下去的，当然格外地慷慨了）。输了的呢，他想借此告一小段落，说不定运气就会转变过来；把肚皮吃得充实些，头脑也会灵敏得多，结果"返本出赢钱"，吃的东西还是别人会的钞。他这么想的时候，就毫不在乎地喊道："茶叶蛋，来三个！""莲心粥，来一碗！"

其次，与叫卖者同属黑籍的人们当然也是主顾。叫卖者正吞饱了土（烟土）皮，吃足了什么丸，精神似乎有点回复，才出来干他们的营生；那些一榻横陈，一枪自持的，当然也正是宿倦已消，情味弥佳的当儿，他们彼此做个交易，正是适合恰当，两相配合。抽大烟的人大都喜欢吃烫热的东西，有的欢喜吃甜腻的东西。那些待沽的东西几乎全是烫热的，都搁在一个小炉子上，炉子里红红地烧着炭屑；而卖火腿热粽子的，也带着猪油豆沙粽，白糖枣子粽；这可谓恰投所好了；买来吃下去，烫的感觉，甜的滋味，把深夜拥灯的情味益发提起来了，于是又重重地深深地抽上几管烟。

其他像戏馆里游戏场里散归的游人，做夜间工作的像报馆职员之类，还有文明的习染已深，非到两三点钟不睡的居民，他们虽然不觉得深夜之悠悠，或者为着消消闲，或者为着点点饥，也就喊住过路的小贩买一些东西吃。所以他们也是那些深夜叫卖者的主顾。

我想夜间的劳工们未必是主顾吧。老板伙计一身兼任的鞋匠，扎鞋底往往要到两三点钟；豆腐店里的伙计，黄昏时候就要起身磨豆腐了；拉夜班的黄包车夫，是义务所在，终夜不得睡觉的，他们负着自己和全家的生命的重担，就是加倍努力地做一夜的工作，也未必能挣得到够买一个茶叶蛋一只火腿粽的闲钱来；他们虽然听着那些又香又甜又鲜美的名称而神往，而垂涎，但是哪里敢真个把叫卖者喊住呢！

他们不敢喊住，对于叫卖者却没有什么影响，据同里的人谈起，以及我偶尔醒来的时候听见的，知道茶叶蛋等等是每晚必来的；这足以证明那些东西自会卖完，这一宗营生决不因为我们这样鄙野的人以及劳工们的不去作成它而会见得衰颓的。

1924年8月26日

骑　马

　　我小时候，苏州地方还没有人力车，代步的是轿子和船。一些墙门人家的女眷，即便要去的地方就在本城，出门总要依靠这两种交通工具。男人呢，为了比较体面的庆吊应酬出门大都坐轿子，往城外乡间去上坟访友大都坐船，平时出门，好在至多不过三四条巷，那就走走罢了。

　　那时候已经通行了脚踏车，可是很少见。骑脚踏车的无非是教会里的外国人，以及到过上海得风气之先的时髦小伙子。偶然看见一个人骑着脚踏车在铺着小石块的路上经过，抖抖抖抖的似乎要把浑身的骨节都震得发酸，在几乎肩贴肩走着的两个人中间，只这么一闪就擦过去了：这使大家感到新奇，不免停下脚步回过头去望那好像只有一片的背影。

与脚踏车一样需要自己驾驭的，还有驴子和马。可是骑驴子和马，意义不纯在代步，把它当作玩意儿的居多。骑了驴子往玄妙观去吧，骑了马往虎丘去吧，并不为玄妙观和虎丘路远走不动，却在于借此题目尝一尝控纵驰骋的快乐。

一般人对于驴子和马，用两样的眼光来看待。驴子，那长耳朵的灰黑色的畜生，饲养它的只是借此为生的驴夫，一匹驴子又不值几个钱，所以大家不把它看作奢侈品。无论是谁，骑骑驴子，还不至于惹人非议。马，那昂然不群的畜生，可不同了，虽然多数的马也由马夫饲养，但是很有几个浮华的少爷名门的败家子也养着马，所以大家都把马看作要不得的奢侈品。谁如果骑着马在路上经过，有些相识的人就不免窃窃私议，某人堕落了，他竟骑起马来了。这种想法，在别的事例上也常常可见。从前我们地方一些规矩人都不爱穿广东的拷绸，因为拷绸是所谓"流氓"之类惯用的衣料。马既是浮华的少爷名门的败家子的玩意儿，规矩的有教养的人当然不应该骑：这好像是很周密的推理。

当时我们一班中学生可没有顾到这一层，一时高兴，竟兴起了骑马的风尚。原由是有一个同学在陆军小学待过一年，他会骑马，把骑马的趣味说得天花乱坠，大家听得痒痒的，都想亲自试一试。刚好学校近旁有一片兵营里的校场，校场东边是一条宽阔的道路，两旁栽着柳树，正是试马的好所在。马夫养马的草棚又正在校场的西北角，花一角钱，就可以去牵一匹出来，骑它一个钟头。于是你也去试骑，我也去试骑，最盛的时候竟有二十多人同时玩这宗新鲜玩意儿。

现在马背上大都用西式皮鞍子了，从前却用木鞍子。十三四岁的人，站在平地，头顶就高出木鞍子不多，要用两手按着鞍子，左脚踏在踏镫里，让身子顺势一耸跨上马背，这是一连串并不容易的动作。马好像知道骑马的人本领的高低似的，生手跨上去，它就歪着头只是将身子旋转，这又是很难制服的。这当儿，马夫和朋友的帮助自属必要了，拉缰绳的拉缰绳，托身子的托身子，一阵子的乱嚷嚷，生手居然坐上了鞍子，于是把缰绳接在手里，另一只手按着鞍子，再也不敢放松。那畜生如果是比较驯良的，以为一切都已停当，肯规规矩矩走这么几步，初学的人就心花怒放了。

但是这样按着鞍子骑马叫作"请判官头"，是最不漂亮的姿势。多骑了几回，自然想把手放松，不再去"请"那"判官头"。同时拉缰绳的一只手也要学着去测验马的"口劲"，试探马的脾气，准备在放松一点儿或是扣紧一点儿的几微之间操纵胯下的畜生。

通常以为骑马就是让屁股服服帖帖坐在鞍子上。其实不然，得在大腿里侧用劲，把马背夹住，屁股部分却是脱空的。如果不用腿劲，在马"跑开"的时候不免要倒翻下来，两只脚虽然踏在踏镫里，也没有多大用处。这腿劲自然要从锻炼得来。我骑了好几回马，腿劲未见增强多少，可是站到地上，坐到椅子上，只觉得两条腿和腰部都是僵僵的了。

让马走慢步，称为"骑老爷马"，最没有趣味。那是一步一拍的步调，马头一颠一颠的，与婚丧的仪仗中执事人员所骑的马一样。我们都不爱"骑老爷马"，至少得叫它"小走"。"小走"是较为急促的步调，说得过甚些，前后左右四个蹄几乎同时离地，也几乎同时着地。各匹马的脾气不同，有的须把缰绳放松，有的却须扣紧；有的须略一放松随即扣紧，有的却须向上一提，让它的头偏左或是偏右一点儿；只要摸着它的脾气，它就会了意，开始"小走"了。好的马四条腿虽然在急速地运动，身子可绝不转侧，总是很平稳地前进。骑到这样的马是一种愉快，挺着身躯，平稳地急速地向前，耳朵旁边响着飕飕的风，柳树的枝条拂着头顶和肩膀，于是仿佛觉得跑进了古人什么诗句的境界中了。

至于"跑开"，那又是另一种步调：前面两个蹄同时着地，随即后面两个蹄离地移前，同时着地，接着前面两个蹄又同时跨出去了。这里所谓着地实在并不"着"，只能说是非常轻快地在地上"点"一下。在前面两个蹄点地和后面两个蹄点地之间，时间是极其短促的。这当儿，马身一高一低，约略成一条曲线前进。骑马的人一高一低地飞一般地向前，当然爽快不过，有凌云腾空的气概。但是腿劲如果差点儿，这种爽快很难尝试，尝试的时候不免要吃亏。

　　有一回，我就这样从马上摔了下来。那一天，我跟在那个进过陆军小学的同学的后面，在我背后还有好几匹马。起初是"小走"，忽然前面的那个同学把缰绳一扣，他的马开始"跑开"了。我的马立即也换了步调。我没有提防，大概马跑了两三步，我就往左侧里倒翻下来。后面的几匹马怎么一脚也不曾踩着我，我至今还不明白。当时如果有一个马蹄踩着我的脑壳或是胸膛，我的生命早在中学二年级时候结束了。

　　我摔了下来就不省人事，醒来的时候，很觉得奇怪，我是通学生，怎么睡在寄宿舍里的一张床上！又好像时间很晚了，已经吃过晚饭。其实还是上午十一点过后，我只昏迷了一点钟多一点儿。想了一会，才把刚才的事想起来。坐起来试试，虽然没有什么痛苦，只觉得浑身软软的，像病后起身的光景。我赶紧跑回家，像平时一样吃午饭，绝不提摔跤的事——在外面骑马，我从来不曾在父母面前提起过。直到前几年，儿子在外面试着骑马，回来谈他的新经验，我才把那回摔跤的事说出来。母亲听了，微皱着眉头说："你不回来说，我们在家里哪里知道这种危险的事，还是不要去试的好。"她现在为孙儿担心了。

当时我们骑马，现在想起来，在教师该是桩讨厌的事儿。那时候学校比较放任，校长是一个自以为维新的人物，虽然不曾明白提倡骑马，对于其他运动却颇着力鼓励。七八匹马在学校墙边跑过，铃声蹄声闹成一片，他不会绝不知道。他为什么不禁止呢？大概以为这也是一项运动，不妨任学生去练习吧。但是多数教师却受累了。他们有一般人的偏见，以为骑马是不端的行为，眼睁睁地看学生骑着马在旁边跑过，总似乎有失体统。于是有故意低着头走过去，假作不知道马背上是什么人的，也有远远望见学生的马队在前面跑来，立刻回身，或者转向从别一条路走去的。他们一定在怨恨学生，为什么不肯体谅教师，离开学校远一点儿去练习你们的骑术呢！

1937 年

独善与兼善

古人谈立身处世，有所谓"穷则独善其身，达则兼善天下"的说法。穷并不是说没有钱用，没有饭吃，而是说得不到时君的看顾，就是不能够得君行道。那时候只好自顾自，勉力做个好人，这叫作"独善"。达是穷的反面，就是让时君看上了，居高位，做高官。那时候你有什么抱负可以施行出来，使民众得些好处，这叫作"兼善"。古代的知识分子，除开那些没志气的不说，单说那些极端有志气的，他们只能在穷啊达啊独善啊兼善啊两条路上走一条，没有第三条路可走。因为从前所谓天下是皇帝的私产，谁要对天下作什么事务，必须得到皇帝的任用，至少也要得到皇帝的默许，否则就无法作，硬要作就是违碍，非遭殃不可。譬如著书立说，启迪民众，也算是一种影响到天下的事务，如果你循规蹈矩，不违反皇帝的利益，皇帝就默许你，由你去著书立说，不来管你；如果你要说些不利于皇帝的话，皇帝就不能默许，于是焚稿，劈版，杀头，戮尸，种种的花样都来了。你觉得如果碰到这一套挺麻烦，就只好把要说的一番话藏在肚肠角里，隐居山林，诗酒自娱，实做个独善其身。眼见生灵涂炭，天下陷溺，也只好当作没有看见，哪怕你心热如焚，实际上还是形冷如冰。从来真有志气的人往往不得志，看他们写些诗文，往往透露出一腔牢骚，其故就在于此。再说那些达的，可以举历代得位当政的一班政治家为例，他们未尝不作些好事，使民众得些好处，但是也不过像牧人一样，好好看顾牛马，无非为了主人，使主人可以多挤些牛马的奶汁，多用些牛马的劳力罢了。无论他们怎样存心兼善，民众还是离不了牛马的地位，如果认定牛马的地位说不上什么善，那么"兼善"简直是空话。说句幼稚的话，古代要行兼善只有皇帝才行得通，他若不把民众放在牛马的地位，他就兼善了。但是，不把民众放在牛马的地位，他皇帝怎么做得成？有那样的傻皇帝吗？至于知识分子，注定的只好独善，没法兼善。并且要能独善，总得有田有地，有吃有穿。得到那些供给，或由祖宗遗传，或由自己弄来，似乎毫无愧怍；

可是踏实一想，无非吸了牛马的血汗，与皇帝大同而小异。那么，独善果真是"善"吗？看来也大有问题。

到如今，皇帝的时代过去了。所谓天下是民众的公产。对于这份公产，大家自己来管理，大家共同来管理。就自己管理而言，见到民主的精神。就共同管理而言，见到组织的重要。"四海之内皆兄弟"的情感，在从前是只属于伦理的，如今因为共有一份公产，从实际生活上见到彼此的相需相关，伦理的之外又加上经济的，关系的密切简直达到没法分开的地步。在这样的情形之下，事情干得好大家好，干不好大家糟，没有什么独善可言。也可以这么说，即使你喜欢独善，也得通过兼善才做得到真个独善。如今时代与从前不一样，如今是独善兼善混而不分，而且非"善"不可的时代了。如今无所谓穷，唯有知能不足，不懂道理，办不了事，那才是穷。那样的穷，独善兼善都谈不上。如今也无所谓"达"，懂得道理，办得了事，独善兼善双方顾到，也不过是尽了本分，没有什么所谓"达"的。虽然没有什么所谓"达"的，兼善却万万不可放松。如果一放松，你就是拆了大家的台，使大家吃亏。并且大家之中有个你在，也就是使你自己吃亏。自己吃亏是最为显而易见的，除了傻子谁愿意？

以上的话虽属抽象，对于如今的知识分子却有些关系。

本志的读者是中等学生，在知识分子的范围里，所以我们要在这儿谈这个话。我们以为如今的知识分子固然要继承从前的文化传统，但是继承必须是批判的而不是盲目的，值得继承的才继承，否则就毫不客气，抛开完事。关于立身处世的传统，像"穷则独善其身，达则兼善天下"的说法，就非抛开不可。若不抛开，就将一塌糊涂，做不得民主国家的公民。你讲"穷""达"，无异承认社会上有个排斥你赏识你像皇帝那样的特权阶级，而这个特权阶级非但不该有，假如实际上有也要把它打倒，如何能加以承认呢？你讲"穷则独善，达则兼善"，无异说你有燮理阴阳，治民济世的大才，你没有看清如今作事，为自己也为大家，为大家也为自己，并没有一种特别叫作治民济世的事，这个错误又如何要得？认识一错，全盘都错，你受教育就不明白为什么受教育，你作事就不明白为什么作事，你成了个古代的知识分子，距离民主国家的公民却有十万八千里。我们想，如今的知识分子第一不要把知识分子看得了不起。知识分子了不起乃是知识封锁时代的现象，民主国家知识公开，知识共享，人人有了知识，人人成为知识分子，也就无所谓知识分子了。第二，要在实际生活中贯彻着"四海之内皆兄弟"的感情，真正见到彼此同气，不能分开，于是各自去参加"大家自己来管理，大家共同来管理"的某项事务。见解如此，才算脱去了古代知识分子的窠臼。

单管认识与见解，不顾日常的实践，还是不济事。做个民主国家的公民，必须随时随地实践，随时随地顾到共有的这份公产，才能使国家真个成为民主国家，自己与他人并受其益。譬如政治，就不能不管，有些人以为政治是罪恶的渊薮，管政治是卑琐龌龊的勾当，不去管它才是清高。其实这是古来知识分子的想头，与如今全不相干。按如今的说法，管政治并不等于做官（进一步说，官也可以做，只要明白做官是为公众办事，并不是去作威作福，鱼肉公众，就好了），只是管理自己与公众都有份的事而已，那些事太切身了，非管不可。选举保长乡长了，知道这关系到一保一乡的福利，就不该随便填个人名了事，更不该放弃选举权，不去投票。见到了什么意思，或者是积极的建议，或者是消极的指摘，知道不建议不指摘将会坏事，就不该想多一事不如少一事，让见到的意思在头脑里消逝。诸如此类，不能尽说。总之，凡是该管的样样都认真的管，才是实践。又如与大众为伍，要真个感到彼此为一体，这种习惯也不能不努力养成。从前的知识分子大多抱个人主义，喜欢超出恒流。即或有所交往，也只限于同辈。对于操劳力耕的工人农人，就看作下贱之徒，避之若浼，民胞物与，只在谈道学的时候那么说说，在作文的时候那么写写而已。如今彼此既同为国家的主人，无所谓高贵与下贱，而实际生活中又必须相济相助，搅在一起，所以文艺作者有深入民间的切需，知识青年有回到乡村的必要。其实说"深入"似乎未妥，深入了可能还有出来的时候，如果出来，岂不是仍在民间之外？若说"没入"民间，像一滴水，顺着江河归于大海，永不复回，那就更妥帖了。说回到乡村，也不是回去调查调查，考察考察，或者劝说一番的意思，大致也在于"没入"，乡间比之于大海，回去的青年就是一滴水。要真个做到如此地步，必须脱胎换骨，把沾染在身上的从前知识分子的坏习气完全消除，向大众学习，与大众共同学习。这又是非实践不可的事。

如今虽然有人嫌民主讨厌，又有人以为我国谈民主还早，可是我们相信民主是当前最好的共同生活方式，必须求其从速实现。就知识分子而言，其知识是可贵的，可是传统的精神必须革除，新的实践必须养成，才能够排除民主的障碍，促进民主的实现。这儿说了一番话，请读者诸君加以考核，如有可取，希望采纳。未尽的意思以后再谈。

1945年3月27日作

从焚书到读书

人类真是奇怪的动物，有所谓"智慧"。以有智慧故，从最初劳动时或惊骇时所发的呼声，进化而为互通情意的语言，由语言而造出文字，用文字记载事物，产生"书"这一类东西。

书，又是奇怪的东西：说它可爱呢，书确然把人类过去从奋斗中得来的经验和理论告诉后来的人，给后来人指出努力的方向。说它可恶呢，自从书把经验和理论告诉了后来人，就使阶级化了的人类社会常常感到不安。

在可恶这一点上，二千一百多年前聪明的秦始皇已经感觉到了，他就采取激烈手段，索性把藏在民间的书统统付之一炬。这个手段究竟太激烈了，不久就有不读书的刘项二人起来把妄想传之万世的秦朝打倒。后来的皇帝更加聪明，他们知道既然有了"书"这件东两，要根本毁灭它是不可能的，与其"焚"，不如索性让人家"读"，不过"读"要有一定的范围，一定的办法，于是找出几种有利于当时社会的支配阶级的理论的书，定名为"圣经贤传"，其他诸子百家就是"异端邪说"，都在"罢黜"之列，此外还定下个"使天下英雄入吾彀中"的科举制度。一般人读了圣经贤传，不难在科举制度下名利双收；要是读异端邪说的书，就是"非圣无法"，可以使你身首异处。那时奖励青年们读书有四句口号道："天子重英豪，文章教尔曹。万般皆下品，唯有读书高。"

现在科举制度早已废止了，但是科举的精神依旧存在。政府的煌煌明令，学者名流的谆谆告诫，都说"青年应该读书"。读什么书呢？他们没有说，大概是因为有所谓"标准"在，不用细说了。合乎标准的，读了有文凭可拿，有资格可得。不合乎标准的，就等于从前所谓诸子百家，是异端邪说，教师不敢介绍，书店也不敢刊行，青年们更少有读到的机会了。不过社会究竟在进步，口号和以前不同了："非圣无法"现在简称为"反动"，"……唯有读书高"现在变而为"读书救国"了。

从"焚书"到"读书"，方法和口号尽管在变换，精神却是一贯的。我们不知道叫学生埋头读书的学者名流有否想到这一层。

"相濡以沫"

　　去年在重庆，参加鲁迅先生纪念会，我提起了他爱用的一句话"相濡以沫"。今年在上海，参加他的逝世十周年纪念会，我仍旧提起了这句话。

　　大概是我的话没有说清楚，或者根本没有把意思表达出来。第二天看报纸的记载，与我所说的不大相符。因此再在这里说一说，辞句和顺序未必与说话当时全同，大旨却不相违异。

　　"相濡以沫"这句话出于《庄子》，鲁迅先生常爱引用它，只是断章取义，与这句话的上下文不大有关系。单就这句话看，是一个悲壮动人的场面。一群鱼失了水，干得要死，大家吐出口沫来，彼此互相沾润，借此延长大家的生命。试想，吐出自己仅有的东西来，不但沾润自己，还要互相沾润，那"生的意志"的强固和"群的联系"的强固，不是够得上"悲壮"两个字的考语吗？

鲁迅先生引用这句话，为的是他所处的环境正是一片干地，没有一滴水。他又见和他同在的人所处的是相同的环境，于是自然而然记起这句话。说它是口号，不如说它是信念。他奉行的信念，在一片干地上，所吐的口沫非常之多。二十册的《鲁迅全集》是他的口沫，新近出版的《鲁迅全集补遗》是他的口沫，由他校印的木刻画集以及《海上述林》等书是他的口沫，尤其重要的，他那明辨是非的态度，坚决奋斗的精神，待人接物的诚恳与认真，全是他的口沫。与他接触的人见他的为人，读他的文字，也各各吐出他们的口沫，相信他，学习他，和他在一起。到了今日，"走鲁迅先生的道路"成为普遍的号召了。我想这么说：鲁迅先生的影响所以伟大，就在于他奉行那"相濡以沫"的信念。

鱼到了"相濡以沫"的境地，虽然延长一时的生命，结果总不免死掉。可是，鲁迅先生引用这句话是取作比喻，说的还是人事。就人事方面想，情形就不同了。鲁迅先生逝世不久，我曾作一首七律挽他，现在抄在这里：

木坏山颓万众悲，感人岂独在文辞。

暖姝凤恨时流态，刚介真堪后死师。

岩电烂然无不照，遗容穆若见深慈。

相濡以沫沫成海，试听如潮继志词。

　　前面六句不说，只说末后两句。这两句还是比喻。人与人要是"相濡以沫"，范围越推越广，口沫越聚越多，不将汇成大海吗？既然有个大海，被喻为鱼的人就可以在其中游泳自如，不再是干得要死的鱼了。而现在，大海已经汇成了，因为已经听见了潮水似的声音。潮水似的声音就是所谓"继志词"，就是"走鲁迅先生的道路！""学习鲁迅先生的精神！"一类的号召。

1946年

名家散文

鲁迅：直面惨淡的人生

胡适：天下没有白费的努力

许地山：爱我于离别之后

叶圣陶：藕与莼菜

茅盾：斗争的生活使你干练

郁达夫：夜行者的哀歌

徐志摩：我有的只是爱

庐隐：我追寻完整的生命

丰子恺：我情愿做老儿童

朱自清：热闹是它们的，我什么也没有

老舍：有朋友的地方就是好地方

冰心：繁星闪烁着

废名：想象的雨不湿人

沈从文：每一只船总要有个码头

梁实秋：烟火百味过生活

林徽因：你是人间的四月天

巴金：灯光是不会灭的

戴望舒：我的心神是在更远的地方

梁遇春：吻着人生的火

张中行：临渊而不羡鱼

萧红：我的血液里没有屈服

季羡林：微苦中实有甜美在

何其芳：紧握着每一个新鲜的早晨

孙犁：人生最好萍水相逢

琦君：粽子里的乡愁

苏青：我茫然剩留在寂寞大地上

林海音：唯有寂寞才自由

汪曾祺：如云如水，水流云在

陆文夫：吃也是一种艺术

宗璞：云在青天

余光中：前尘隔海，古屋不再

王蒙：生活万岁，青春万岁

张晓风：年年岁岁岁岁年年

冯骥才：生活就是创造每一天

肖复兴：聪明是一张漂亮的糖纸

梁晓声：过小百姓的生活

赵丽宏：闪烁在旷野里的微光

王旭烽：等花落下来

叶兆言：万事翻覆如浮云

鲍尔吉·原野：为世上的美准备足够的眼泪